ヨン・コーレ・ラーケ／著
遠藤宏昭／訳

氷原のハデス（下）

Isen

JN105340

扶桑社ミステリー
1639

■〈アイス・ドラゴン〉流氷基地 見取り図

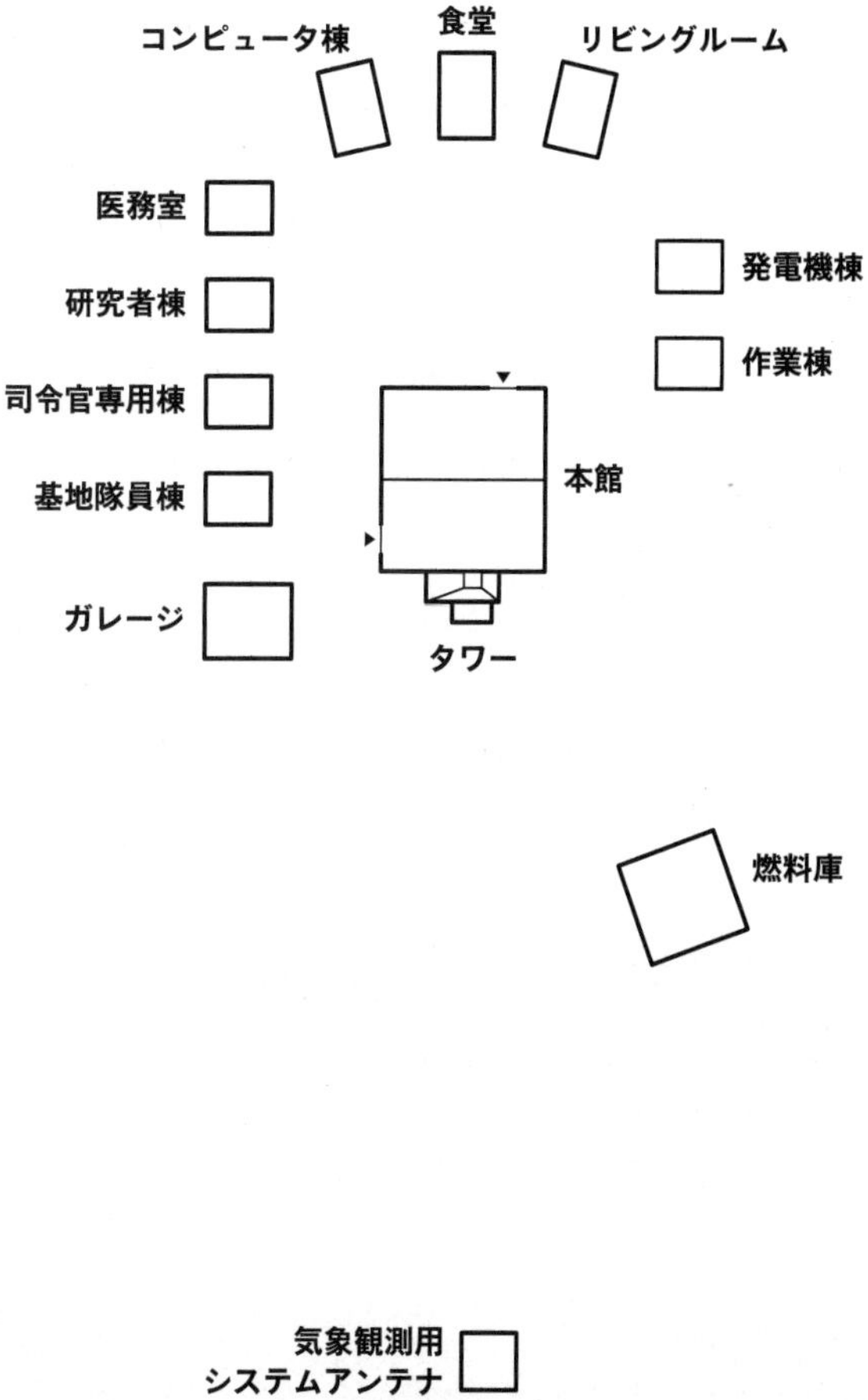

氷原のハデス（下）

登場人物

アナ・アウネ――――――――ノルウェー・フラムX北極調査隊員。元ノルウェー軍特殊部隊のスナイパー
ダニエル・ザカリアッセン――――フラムX北極調査隊に参加する科学者
ヨハネス・アウネ――――――アナの父親
ボリス――――――――――ロシア人気象学者
ジャッキー（シェン・リー）――――〈アイス・ドラゴン〉生存者の一人。地質学者
マルコ（ジェン・ヒー）――――――〈アイス・ドラゴン〉生存者の一人。メカニック
ジョン・オデガード――――――CIA 作戦部長
スンジ――――――――――〈アイス・ドラゴン〉の司令官に飼われていたシベリアン・ハスキー
ヤン・ルノー――――――――〈国境なき医師団〉所属のフランス人医師

52

「グッバイ、パラダイス」部屋のドアが背後でバタンと閉まったとき、アナはそう考えた。床が氷で出来ていて、窓もなく座るべき椅子《いす》もない部屋がパラダイスだと思えるとは、自分はノミのように無価値な存在だと、アナは感じた。氷の思うツボだ。

二十メートルほど前方にあったはずのキャビンを見ようとした。だが、吹き過ぎる雪のせいで、窓からのおぼろげな光が、ゆらゆらと揺れる薄暗い陽炎《かげろう》のように見えるだけだった。アナは心の中で、自分の方向感覚がまともに働くことを祈った。みんなを正しいルートに導くこと、誤って氷の彼方《かなた》に連れて行かないことが重要なのだ。ジャッキーとマルコに常時マグライトの光を当てながら頑張って前進する。光の届かないところは純然たる暗闇《くらやみ》だった。

姿は見えないが、今もザカリアッセンが二人にライフルを向けながら歩いているはずだ。実のところアナは、ジャッキーとマルコが逃げることはないだろうと思っていた。二人は北極に自分より長く滞在していて、氷原に自分たちだけで出ていくことが自殺行為であることを、誰よりもよく知っている。それに、希望的観測ではあるが、ザカリアッセンと自分が二人を殺そうとしたのではなく、本気で助けようとしたことも認識しているはずだった。アナはキャビンの周りを一回余分に回ったあと、みんなに続いてそのキャビン——食堂棟に入った。

ザカリアッセンが戸口でアナを迎えた。食堂を見て、楽観主義が復活したようだった。

「ここのほうが安全だ」アナが足踏みしてブーツから雪を落としている横で、ザカリアッセンが言った。

サンドペーパーのように頭の中をザリザリとこすりつづける苛立《いらだ》ち。疲労困憊《こんぱい》したアナは、それを抑えきれなかった。

「安全？……今のところここにはガスが沁《し》み出てこないにせよ、この基地自体が爆弾の上を漂っている。外の世界とは完全に孤立してる上に、わたしたちは殺人犯かもしれない二人と一緒に身動きできない状態でいるのよ！」

アナの激しい口調にジャッキーとマルコは、すでに食べ始めていたヌードルの丼から顔を上げた。ザカリアッセンに言われて、自分たちでキッチンから取ってきたにちがいない。「それだけでも大ごとだというのに、正気を失った男がいつ何時襲いかかってくるかもしれない！　アフガニスタンでタリバンの村にいたときのほうが、ずっと安心していられたくらいよ」

アナが怒りを爆発させたことにザカリアッセンは思わず後退《あとじさ》った。

「何か不安なことでもあるのか？」ジャッキーがアナを見つめて訊《き》いた。

「ええ、不安だらけよ。だけどあんたには関係ない。黙って食べてなさい」ジャッキーの顔が、蛍光灯の下で悪魔の顔のように緑色の光を帯びていた。体調が悪化したのか？　あるいは、ヌードルに入ったチリの影響にすぎないのか？

「ランポを発見したいなら、ぼくはその方法を知ってる」きっぱりした口調でジャッキーが言った。だが、マルコがやめろと言うように手を振った。

「ダメだ。あのことについては話さないようにしよう」マルコが手をジャッキーの前に差し出して言った。

ジャッキーがその手を押しのけた。「この人たちはぼくらを助けようとしてくれてる。ぼくらもこの人たちを助けなきゃ」

素速く三歩進み、アナはジャッキーの前に立った。「なんのこと言ってるの、ジャッキー？　ランポの居場所、あんた知ってるの？」

「いや、でもどうやって見つけるかは知ってる」

ジャッキーは左手をアナの方に突き出し、手首近くの皮膚を指差した。

「ここにＧＰＳが埋め込まれている」ジャッキーが言った。「ここに着く前に、みんな同じことをされてる」

アナはジャッキーの手に目をやった。少し横から見ると、かすかな傷がついているのがかろうじて分かる。

「本当なの？」アナはマルコに訊いた。

マルコは再びジャッキーを険しい目で見た。国家機密を漏らしてしまうことになるぞと、言っているようだった。

「ホン司令官は、ぼくたち自身の安全を考えてのことだと言っていた」ジャッキーが、マルコの責めるような視線を気にかけるふうもなく続けた。「氷原で迷ったり事故に遭ったりした場合に、常に見つけられるようになってるんだ」

一瞬、なんのことを言っているのか、アナには分からなかった。「チップを追跡するアプリはどこにあるの？」

「ホン大佐のラップトップに入ってるけど、パスワードは本人にしか分からない」ジャッキーが答えた。「緊急時にしか使えないアプリなんだ」

疲労で頭に綿が詰まっているような気がした。「でも、ランポを見つけられるって、あんた言ったじゃない！」

ジャッキーはマルコを指差した。

「見つけるのはマルコさ」

マルコは相変わらずジャッキーを睨《にら》みつけていた。怒ったような口調で何事かを中国語で言うと、ジャッキーが憤慨して長々と言い返した。二人が言い合うに任せ、今分かったことに関して考えてみる。アナはテーブルに拳《こぶし》をドンと叩《たた》き付けた。からの丼が跳ね上がりガチャンと鳴った。口論がぴたりとやんだ。

「マルコ、照明弾を撃ち上げた男をあんたが発見したっていうのは、偶然じゃないでしょ？」

マルコが何かを探すように、壁の方に目を逸《そ》らした。

「照明弾を見たから」

「ええ、それはわたしたちも同じ――アイス・ドラゴンに来たのも、基地の位置なら正確に分かったから……でも照明弾はパラシュートから下がってた……風を受けて漂ってた。にもかかわらず、あんたは男のところにたどり着いた――照明弾を撃ち上げた位置に真っ直《す》ぐ行ったの」アナはマルコに歩み寄り、その頭に手を置くと、無理やり自分の方を向かせた。

「ジャッキーが言ったことは本当なんでしょ？　ランポのいる場所を正確に知っているのはあんただけ……今のところは。そうよね？」

53

マルコのピックアップが静かなエンジン音を立てた。

車内は快適だった。だが、こうした日常的感覚はまったくの幻想なのだ。ウィンドウに叩き付けている雪はトロムソ高原を越えて来たものだ、と思えないこともないし、トラックも、故郷の小さな別荘に向かっている、と思えないこともない。戦後、祖父自ら木材を運び上げて建てた別荘だ。

それはただ〈思えないこともない〉ということだ。

が、頭をもたせ掛けているリアウィンドウの向こうには、ほんのさっきまでホッキョクグマの顎《あご》に頭を砕かれた男の死体があったのだ。そして隣に座っている男は、ひいき目に見ても、渋々付き合っている協力者にすぎない。アナとザカリアッセンは、ジャッキーを結束バンドで椅子に繋《つな》ぎ留めて食堂に残したまま、マルコをピックアップまで連れて来たのだった。

「あのトラックにはGPS受信機が取り付けてあるんでしょ?」マルコに突き付けたのは、そういう簡単な質問だった。

アナは答を渋るマルコから無理やりイエスの返事を聞き出した。口が堅くて秘密を守れる人間を重んじる雇い主には打って付けの男だ。

「だから見つけられたのね……ガイ・ザンハイを」思い出すまでもない。その名前が載っている司令官の隊員名簿は今も手に持っているのだ。「ザンハイがどこにいるか、正確に知っていたわけね」

またマルコの口から、フム、というような音が漏れた。まあ、そうだ、と言っているものと解釈できるだろう。

そして今マルコは、太い指をダッシュボードの中央にある大型ディスプレイに押し付けていた。デジタルマップがぱっとついた。点滅する赤いドットが画面全体に広がった。

「その点が、隊員?」アナが訊いた。

「ああ、全員の位置だ」

マルコは一つのドットを指差した。「これがおれだよ」

ザカリアッセンはディスプレイをよく見ようと、アナの膝《ひざ》の上に身を乗り出した。

長くシャワーも浴びていない男の、鼻をつくような体臭がした。それに煤《すす》と焦げた髪の毛、カンフルの匂《にお》いが入り交じっている。

「吹雪とオーロラの中、どうやって衛星信号を受けるの？」アナには信じがたいことだった。

「中国の衛星はとても信頼性が高い」マルコが答えた。誇らし気な口調だった。「どんな環境にも対応できる」マルコは手袋を外し、二本の指をディスプレイに当てて、ズームアウトした。十二人の死者、二人の生存者。アイス・ドラゴンにいるすべての人間の位置が、凝集したバクテリアのような光る大きな一つの塊《かたまり》として赤いドットで表示された。

氷の表面が細菌に冒されているようだ。

マルコが画面に当てた指を再び開いた。バクテリア集団が縮み、白く広大な無の世界の真ん中で一つの赤いドットになった。マルコが指先でディスプレイ上の地図を操作した。地図の縮尺を知ろうとしたが、メニューはすべて中国語だった。ランポはどこまで遠くに行っているのか？

赤いものがいきなり画面の端に割り込んできた。白い世界にもう一つ赤いドットが現れたのだ。

「ランポのＧＰＳチップだ」マルコが言った。

「距離はどれくらいある?」ザカリアッセンが訊いた。

「だいたい……二キロ」

「どっちの方角に進んでるか分かる?」アナが質問した。

マルコが赤いドットをタップすると、漢字の吹き出しが現れた。中国語が分からなくとも、位置ドットに繋がっているくねくねした線が何を表しているかは一目瞭然《いちもくりょうぜん》だった。ランポがアイス・ドラゴンを出てから現在地に至ったルートだ。

「この一時間で……ランポは千二百メートル移動してる……こっちに向かって」マルコが言った。

アナは背筋が凍る気がした。

ランポは生きている。

殺人者は本当に生きていたのだ。

ザカリアッセンはノルウェー語に戻した。「なんと、殺人鬼がこっちに向かっているのか……どうする?」焦げたゲジゲジが八の字になった。「すぐにここを出なくちゃならん……マルコは運転できるんだよな?」

答える自分の声をアナは聞いていた。昔のアナだった。ほかのみんながパニックに陥っているとき、一人冷静でいられる人間。「いいえ、救援チームに警告する方法がない。わたしたちが逃げてここにランポがいるときにヘリコプターが着陸したら、救援に来た連中は、ランポが生存者の一人だと考えるでしょ。ランポには武器がある。連中を脅せばヘリで好きなところに行ける」

「オーケイ、が、幸いなことにやつは一人だ」ザカリアッセンがドアパネルをドンと叩いて言った。「我々は二人、それに今はやつの居場所を正確に知っている。やつを止めることができるはずだ」

殺人鬼の位置を示す赤いドットが明るく輝いている。GPS信号が正しいなら、ランポはわずか二千メートルのところに迫っている。

「まだあなたに言っていないことがあるの、ダニエル」アナの声は相変わらず落ち着いていた。「ランポの持ってる武器は半端じゃない。作業棟で武器保管キャビネットを見つけたの。破られてた……やつが全部持っていった」

ザカリアッセンが口の下に深い皺《しわ》を寄せた。唇が突き出した。

「今までどうして何も言わなかったんだ？」

「言ったってどうしようもないからよ。でも、外に出て……捕まえようというなら、リスクがあるってことを言わないでおくのはフェアじゃない」

「なんてこった」ザカリアッセンが椅子に崩れ落ちた。「じゃ、選択の余地はないな。外に出たらいい的《まと》になるだけだ。ここにいる以外にない。で……やつより先に救援が到着することを神に祈るしかないわけだ」

アナはサイドウィンドウから外を見た。風の勢いで雪が払われている。一番近くのキャビンの窓からかすかな光が漏れていた。ほんの五、六メートルしか離れていない。しかし雪のせいでほとんどの光が遮られている。

「今のところ、嵐《あらし》が味方をしてくれてる。ランポにしたって、十メートルより先は見えないはず。もし、わたしたちが基地を出ても、やつにはこっちがどこにいるか見当もつかないわ」アナはスクリーンに指先を置いた。「そしてあなたも言ったとおり……こっちはあいつの居場所が正確に分かっている」

スクリーン上の赤いドットを見つめるザカリアッセンが、ゼイゼイと息をしている。

「だが、やつの居場所が分かるのは、トラックにいるあいだだけだ……それにトラックで行ったら、音で感づかれると思わんか？　不意打ちはできんことになる」

「おそらく無理ね」アナはディスプレイを指差した。「マルコ……これがありさえすればいいわけよ。機械だけを取り出して単独で動かせない？」

「トラックを傷つけるわけにはいかない。あれは国家の所有物だから……」マルコはそれ以上のことを言わなかった。アナはマルコの頭をリアウィンドウに押し付けた。マルコの顔が、吸盤をガラスに密着させたときのようなプシュという音を立てた。

「なんとかみんなで生き延びようとしていることが分からないの？　ここでただ殺されるのを待ってるほうがいいの？」

マルコはアナの手から逃れようともがいた。「おれは兵士じゃない……メカニックなんだから――」

「あたしだって、あんたに誰かを殺してくれって頼んでるわけじゃない。メカニックとしての仕事をしてほしいだけよ」アナはマルコの頭をリアウィンドウから乱暴に引き離すと、画面の方を向かせた。「あんたに今やってほしいのは、そのためにトラックを丸ごとバラすことになっても、GPS受信機を取り外すってこと。その作業が終わったら、あたしが持ち運べるように機械をバッテリーに繋ぐの。分かった？……」

パンという音と一瞬の光が言葉を遮った。トラックの外で、閃光《せんこう》が吹雪と暗闇を引き裂いた。

54

「マルコを見張ってて、ダニエル！」アナは叫んだ。

流れるような動きで、アナはエンジンを切り、ザカリアッセンを乗り越えてドアを開けると、トラックの外に飛び降りた。柔らかい雪に足を取られたが、アナはすぐに立ち上がり駆けだした。数歩進んだところで、大きな変化が起こっていることに気付く。嵐は勢いを失いつつあり、雪が地面に向かって斜めに降っている。もはや顔に吹き付けるという感じではない。これならまもなく、アメリカの救援チームも着陸できるだろう。頭の中を様々な考えが駆けめぐったが、目はただ一つのものを凝視していた。

点火されたフレアの光が徐々に弱まっていた。

駆けながら、アナはハンティングナイフを手で探った。フレアが最後の火花を散らせ消えると、あたりは闇に包まれた。闇の中を走りつづける。緑の明かりが目に入った。サブヴァバーの右ナビゲーションライトだ。トリップワイヤを仕掛けた場所の近くまで来ていることは分かった。遠くから、まるでドラムを叩いているような音が聞こえる。希望が湧《わ》き上がるのを感じた。ヘリコプターが近付いている！

アナはあらゆるタイプの敵と戦ってきた。プロの兵士、偏執狂、洗脳された者、狂信者、そして自暴自棄《じき》になった者。すべてのうちで、最も戦いやすいのはプロの兵士だ。国、政治、思想の違いこそあれ、おおむねこの連中は、みな同じようなことを考える。勝利を決定するのは三要素――戦力、戦術、幸運に尽きる。

最悪の敵は自暴自棄になった者だ。失うものがない人間の行動は、まったく予想ができない。宗教に洗脳された狂信者でさえ、予測はつく。黒幕的知識人の操り人形だからだ。最初に何回かショックな負け方をしたとしても、そのあとは敵の出方が分かるし、応戦する準備もできるのだ。

走るアナの足元にある氷は、それらの敵を一つにしたものだった。北極は人類に対する戦争に勝つことはできない。今、氷の王国は単に復讐《ふくしゅう》を果たしたがっているのだ。そしてこの戦いにおいては、ルールは存在しない。足元で氷の亀裂《きれつ》が口を開けていた。アナは転んだ。闇に包まれた。

暗闇に、陽が顔を出した。

難民のシルエット。銀色に光るテントの入口で日差しを避け、座り込んでいる。車で通り過ぎる自分を物憂げに見つめていた。

赤十字のテント前にヤンが立っている。

「ようこそ、アイン・イッサに」

テントの中はエアコンが効いていた。薄明かりに目が慣れるまで少し時間がかかった。かろうじて見えるのは、ずらりと並んだ小さなベッドで眠っている子どもたち。白いシーツにくるまれている。ナースがヤンの姿を見て椅子から立ち上がった。二人はフランス語で二言三言、言葉を交わした。

「ここにいる子だ」

ヤンの後ろについて、そのベッドまで行った。幼い男の子がおしゃぶりをくわえたまま眠っていた。おかっぱ頭の黒い髪。毛先がカールしている。

「名前をつけなくっちゃいけなくてね。サディにしたよ」ヤンが言った。「アラビア語で、〈百年生きる運のいいやつ〉って意味だ。人生の初めにひどい目に遭ったんだ。少しは運に恵まれてもいいと思ってね」

ヤンはシーツの裾を持ち上げた。サディは青いパジャマを着ていた。左脚が膝の下からなくなっていた。パジャマの左脚部分はきちんと畳《たた》まれ、安全ピンで留められている。サディがぶつぶつと声を上げ、おしゃぶりを吐き出し目を開けた。驚くほどの青い目だった。

「ハーイ、サディ。ぼくらを助けてくれたおねえさんに、こんにちはって言ってみようか？」サディがまたぶつぶつ声を出した。ヤンはそれを承諾の印と受け取って、男児を抱き上げた。

「抱っこしてみないか？」

両腕に抱いてみた。脚が胸に当たるのを感じた。小さな身体は柔らかくて温かい。石鹸《せっけん》とバニラの匂いがした。青い目が見つめてくる。サディが大きな口を開けて微笑《ほほえ》んだ。

「きみのこと、気に入ったみたいだな、アナ」

サディが喉を鳴らして笑った。よだれが飛んだ。唾《つば》が顔に当たった。

首筋に冷たい水が伝うのを感じて、アナは意識を取り戻した。仰向《あおむ》けに横たわっている。暗い空が見えた。心はもっと暗かった。心にぽっかりとあいた穴。癒やされることのない喪失感。アナは脳を再起動しようとした。ここはどこ？　なぜこんなに寒いの？

身体を軽く揺すられる感触とじっとりとした寒さで、自分が水の中に横たわっているのだと気付いた。目の前で両足が氷片のあいだから顔を出している。何か硬いものを探して腕を伸ばす。亀裂の縁《へり》に摑《つか》まった。そのとき一度に、すべての記憶が押し寄せた。

氷。

死。

鉛のような疲労感。海が顔にかかる。すべてを忘れてしまったら、どんなに楽だろう。背中を倒し、水がサバイバルスーツを満たすのに任す。サバイバルスーツが棺《ひつぎ》に変わる。あとは水面下に沈み、氷のように冷たい水を肺に吸い込んで、そのショックが心臓を止めるのを待てばいいのだ。

それですべてが終わる。

が、闘争本能が敗北主義に反撃し、生存本能がアナを突き動かした。片腕をオールのように使って身体を氷の縁まで押しやる。開いたフードに水が流れ込まないよう、ゆっくりと身体を返す。もう片方の腕で縁を摑んだ。不屈の筋肉が身体を水面に押し上げる。アナは雪の上に座り自分を吞《の》み込んだ亀裂に目をやった。ずっと先まで延びている。その鋭い縁はマシンソーの刃のようだった。低く唸《うな》るようなヘリの音と思ったのは、氷が割れ、砕ける音だったのだ。

水面に何かが漂っていた。細い木のポールだ。トリップフレアの残骸《ざんがい》だった。北極が氷を割り、出来た浮氷が散り散りになったせいで、トリップフレア間に張ったワイヤがパチンと切れたのだ。アナはそれにおびき出されたわけだった。真っ暗闇を走っていたせいで、事前に亀裂を発見することができなかった。幅はせいぜい五十センチ。それでも、もろに突っ込んでしまったのだろう。アナはマグライトを摑みスウィッチを入れて、亀裂の続く先を照らした。氷上に血の痕《あと》がある。額に触れると、手に血がついた。転んだときに氷の縁に頭をぶつけたにちがいない。それで気を失ったのだ。サバイバルスーツを着ていなかったら、溺《おぼ》れ死んでいたところだ。

氷の冷たさで身体の震えが止まらなかった。アナは両腕を前後に振り、ときに背中を強く叩いて、血の循環を回復しようと努めた。

闇の奥からエンジンの音が聞こえ、強烈なライトに照らされた。アナは振り返った。嵐の中からピックアップが現れるのが見えた。

「ストップ！」アナは腕を振りながら大声で叫んだ。トラックが急停止した。ドアが開き、ザカリアッセンが腰を屈めて出て来た。巨大なタイヤの上でバランスを取ったあと、ザカリアッセンは雪の上に降り立った。

「何があったんだ、アナ？……」目を大きく開けて歩み寄って来る。「血が出てるじゃないか」ザカリアッセンはあたりを見回した。「撃たれたのか？」

「いいえ、ただのかすり傷よ。亀裂が口を開けてて、そこに突っ込んじゃったの。バカみたい」ザカリアッセンが冷たい額に手を触れると、手袋の生地がカサカサと音を立てた。「けっこうひどいじゃないか。包帯をしなくちゃな」

「ただのかすり傷だってば。絆創膏《ばんそうこう》を貼《は》るだけでいいわ」

ザカリアッセンが亀裂に近付き、木のポールが水に浮いているのに気付いた。「誰もいなかったのか？」

「アラームの誤動作。亀裂が口を開けたときに、トリップフレアが作動しちゃったのよ」

怪物タイヤの上でもう一枚のドアが開き、マルコが現れた。じっと立ったまま、アナを見下ろしている。一段上の玉座に座った皇帝のようだった。アナは無表情に隠された内心を読み取ろうとした。この男にとって、自分が死ななかったことは、嬉《うれ》しいことなのか、腹立たしいことなのか？　転倒の衝撃を受けた脳が警告のシグナルを送ってくる。ザカリアッセンは自分の隣に立っている。

マルコが解き放たれている。そばに誰もいない。

55

頭に強い衝撃を受けた場合、おそらくは脳震盪《のうしんとう》を起こしたであろう場合には、どうするのがベストなのだろう？

アナは雪の中を本館に向かって歩きながら、そんなことを考えていた。父親と観戦したサッカーの試合を思い出す。父はリヴァプールのファンだったが、贔屓《ひいき》チームは十五年に及ぶ不遇ののち、チャンピオンズリーグの決勝で、レアル・マドリードと相《あい》見《まみ》えることになった。結果は悲惨だった。まず、リヴァプールのゴールキーパー、ロリス・カリウスがものの見事に相手ストライカーの脚にスローして、オープニングゴールを献上。そのあとも、カリウスは押さえるべき敵ロングショットをファンブルしてもう一点。リヴァプールは三対一で敗れた。あとで明らかになったことだが、カリウスは試合序盤で脳震盪を起こしていたのだったという。それが原因で目眩《めまい》を起こし、また視力の異常を来していたのだった。ゴールキーパーが文字どおり、ボールを目で捉《とら》えられなかったゆえに、リヴァプールは十五年間で一番のビッグマッチを落としたのだ。正直、今までこんなに具合の悪かったことは滅多にない。それなのになぜ、自分はアイス・ドラゴンのタワーに登ろうとしているのだろうか？

ほかに手がないからだ。

ランポは生きている。殺人鬼が流氷原の向こうからやって来ようとしている。だが、敵を迎え撃つ準備はまったく出来ていない。タワーのてっぺんに登って見張りをする必要があるのだ。

マルコの監視に関しては、ザカリアッセンに厳しく指示を与えておいた。マルコは、そのチャンスがあったにもかかわらず、トラックで逃げようとはしなかった。今はGPS受信機を分解している最中だ。

「ぼくを縛り付けておく必要はないよ。逃げやしないから……あんたたちがいい人だってことは、ぼくにも分かってる」アナが、結束バンドで椅子にちゃんと縛り付けてあるかをチェックしていると、ジャッキーが言った。

「やっと分かってくれて嬉しいわ」触ってみて、結束バンドが手首に食い込むほどはきつくないことを確認する。「でも今のところは、ここに座っていてもらうのが一番いい」自分でも驚いたことに、顔に笑みが広がってしまうのを感じた、ジャッキーが笑顔を返してきた。

「いろいろ教えてくれてありがと」

ジャッキーの包帯に血が沁みていないことと点滴が血管に流れ込んでいることを確認したあと、小さく寂しげに見えるジャッキーを残し、アナは外に出た。

「二人から目を離さないで」モーゼルを手にトラックの横に立っているザカリアッセンに言う。ザカリアッセンは頷《うなず》いた。マルコがGPS受信機を持ってトラックから飛び降りた。「マルコの作業が終わったら、出て来て大声で知らせて。わたしはタワーに登って見張りをしてる」

「どうしてそんなことを？　真っ暗闇だぞ？」

トリップフレアを設置したときに、サブヴァバーから持ってきた機器を、アナは振って見せた。「あなたの赤外線カメラ……ランポが忍び込んできても、体温をキャッチできる」

「なんとそいつを。気をつけてくれよ」

「大丈夫」

「つまり、その……カメラのことだ……何万ドルもするんだから」ザカリアッセンはアナにおどおどとした笑顔を向けた。

本館裏側の壁際を歩きながら、アナは後頭部にひどい痛みを感じていた。ちょうどそのとき不意に気付いた。もはや風の音が聞こえない。一瞬、聴覚がダメになったのかと考えた。しかしそのあとすぐに、嵐がやみ空が晴れていることを悟った。まるで天の神自ら雲を呑み込んだかのようだった。永遠の夜空には満天の星が輝いている。タワーの足場に吹き寄せた深い雪溜《ゆきだ》まりを踏んで行く。マグライトの光の先に、求めていたものが見つかった。梯子《はしご》だ。タワーの外側に固定されている。ステップを覆った氷が光を受けて柔らかな輝きを放っていた。

ステップの一つを摑む。

登り始める。

四段登っただけで、寒さがひどく増した。

息を吸うたびに、鼻の奥がつんとし、唇が硬くなる。嵐の雲と一緒に、宇宙は地表に残ったわずかな熱まで吸い込んでしまったようだ。スティール製ステップの冷たさが、嫌でも手袋を通して入ってくる。

マルコ曰《いわ》く世界で一番高いタワーを半分登ったところで、それでもまだ寒さが足りないとでも言うように、梯子は灰色をした氷の雲に呑み込まれた。タワーの内側にあるタンクから下がった氷柱《つらら》が上の段を覆っているのだ。一瞬で凍りついたにちがいない。起爆直後に停止した爆発のようだった。凍った炎の指先には、雪がへばりついている。

氷柱から一片をもぎ取り、鼻に持っていく。なんの匂いもしない。唇につけてみる。かすかにくっつく感触があった。ただの水だ。手から離すと、氷片は空中を回りながら音もなく雪に落下した。脳が冷え切って働かないせいか、その氷の塊を回り込むルートを見つけるのに手間取った。身をよじって梯子の隅に足を掛けて登って行く以外、手はなさそうだった。

苦行だった。一歩一歩慎重にタンクの底あたりまで登る。ここまで来てやっと、タンクが一つではなく二つあることが分かった。一つの上にもう一つが重なっているのだ。氷塊越しには高いほうのタンクしか見えない。漢字で何かが書かれているほかに、分子式も記されている。H２O。水だ。

下のタンク――ジャッキーが液化窒素が入っていると言ったタンクは、完全に氷で覆われていた。一本のケーブルが水のタンクから出て氷の雲に入っている。ここで事故、ないしは破壊工作があったのだ。本館にいた宇宙工学エンジニアのリーをはじめとする科学者たちを凍死させた原因はここにある。損傷箇所を見極めようとしたが、一見したかぎり、タンクに触れられた痕跡《こんせき》はないようだった。

ステップを摑んだ片手が氷で滑った。呼吸が凍りついた。やっとの思いで静止する。落ち着きを取り戻し、もう一度摑み、手袋がしっかりグリップしていることを確認する。さらに上に向かう。

ゆっくり、ゆっくり。

上へ、上へ。

寒い、どんどん寒くなる。

マグライトの光が、だんだん弱くなっていく。やがてその光の先で梯子が消え、タワーの頂点を囲むように設置された大きな箱の裏に入り込んでいる。フラッドライトの電球を交換することを考えて、そこに登れるようになっていると、いつもどおりの気が進まない口調でマルコが言っていた。大きな箱はメンテナンス用の建屋《たてや》だろう。

梯子を登って箱の底から頭を突っ込む。複数のケーブルがマグライトの光を反射している。ケーブルはそれぞれの壁にずらりと並んだ円形のカバーに挿し込まれている。ケーブルとカバーのあいだには、身体がぎりぎり入るスペースしかなかった。中に身体をこじ入れる前に、背中に担《かつ》いだ弓を外さなければならなかった。弓と矢筒を中に放り込んだあと建屋に入った。

食堂で掻《か》き込んだインスタント・ヌードルの豚肉のおかげで、まだいくらかエネルギーは残っている。四つの壁のそれぞれからカバーを一つ引き剝《は》がし、電球一個を取り外す。電球のうち二つは固着気味だったが、残りの二つは簡単に外れた。おそらく比較的最近外されたことがあるのだろう。電球が入っていた四つの穴からは四方が見渡せた。また穴には、赤外線カメラがなんとか突っ込めるだけの大きさがあった。

カメラのスクリーンには、青の濃淡が交じり合った水彩画のような光景が広がっていた。基地の外に、体温のあるものは存在していない。

カメラを置き、弓に持ち替えた。狭いこの場所では、水平に持たないと引くことができない。カメラを使わないと、見えるものも多くはない。氷原で見えるところと言えば、キャビンの明かりで照らされた部分だけだった。星空の薄明かりを受けた黒っぽい影絵のような風景が相手では、勘に頼るしかない。ランポがどこかのキャビンから出て来て、明かりの中を歩いているというなら、射留めるチャンスはあるだろう。が、それでも、命中の可能性はわずかだ——衝動買いした弓だが、真剣に練習したことは一度もないのだ。どのキャビンも、タワーからはほぼ四十メートルある。

しかし、頼りは弓だけだ。

タワーに来る前、ライフルを手に取ってみた。鋼《はがね》の感触が皮膚を焦がすようだった。吐き気がし、額に玉の汗が浮かんだ。

今は、無力感に苛《さいな》まれている。

「心的外傷後ストレス障害《PTSD》から逃れることはできない」ベージュ色のオフィスで冴《さ》えない容貌《ようぼう》の精神分析医が言った。「苦しみを受け容れられるようにすることだ。受け容れたとき初めて、新しい人生を始められる」医師は手で四角を作った。「こんな訓練はどうだろう？　役に立つかもしれないよ。狂おしい記憶が再生できるＤＶＤプレーヤーがあるとするんだ」

「普通のＤＶＤ？　それともブルーレイ？」訊いてやった。

「ブルーレイならなおいいだろうね――細かい点までよく分かるだろうし、静止画像も良質だし」皮肉を言っても、堪《こた》える人間ではなさそうだった。「すべての出来事を録画していると仮定しよう。できれば、録画を始めて少し経《た》ってから辛《つら》い部分に入ったほうがいい。で、心のＤＶＤに録画しおえたら……今度は再生するテレビの画面を想像する……出来事を再生するんだよ。家で映画を見るときと同じようにね」

「テレビは持ってない」このとき、精神分析医の表情に初めて苛立ちの色が浮かんだ。


今、自分は警戒怠りなく暗闇を見つめていた。それが否応なく過去を思い出させた。

あのときも、こんなふうだった。

すべてが始まったときだ。

高い場所。

ライフルの床尾《しょうび》を肩に押し付けている。

当時。自分とライフルは一体だった。真っ暗闇の中でも、バレットＭＲＡＤを分解し組み立てることができた。風、気圧の状況、そして慣性力《コリオリ・エフェクト》つまり、地球の自転の影響に合わせて照準を調整する方法を知っていた。

だが、世界に存在するどんな訓練を受けようと、こんな状況に対処する心の準備などできようもなかった。灼《や》けるような日差しの中、段ボール箱に入れられた捨て子がいた。苦痛に満ちた泣き声を上げていた。照準の先に見えるその子は、せいぜい生後二、三ヶ月というところだった。日差しから身体を守るのは、汚れたブルーのサッカーシャツ一枚。この恰好《かっこう》なら男の子だ。無力な子どもを捨てたのがどこの人でなしかは分からなかった。だが、この子が間もなく死ぬ、ということだけは分かっていた。

「あの子を死なせるわけにはいかない」

返事の言葉は正確に覚えている。

「分かっているでしょう、あれは罠《わな》だ」

それを言ったのは隣で身体を伏せているガイアだった。がっしりとした身体に山ほどの装備を括《くく》り付けたその姿は、兵士というより荷物を担いだラバのようだった。背中に無線機、胸のポケットには手榴弾《しゅりゅうだん》、非常用物資に予備銃弾まで詰め込んである。

ガイアは自分の観測手だった。〈脅威〉——敵となる怖れがあるすべてのもの——に対し常に監視を怠らない、それがこの男の仕事だ。

シリアの町。敵はＩＳだった。

ジハードの戦士たちはラッカの町を侵略し、そこをＩＳの最過激版であるカリフ国家の首都としていた。

「とんでもない話だ。だが、あの子は罠だ。間違いない」ガイアはこちらを見ながら顔から灰色の埃を払った。破壊された階段を屋上までよじ登ってきたときに、頭に降ってきた埃だ。「あの段ボール箱は爆弾を隠すのに打って付けだ。あの子はハニートラップなんだ。あの箱から救い出そうとすれば、空高くにまで吹っ飛ばされる」

自分とガイアはシリア民主軍所属中隊の尖兵《せんぺい》だった。上官、アイラーツェン中尉率いる中隊は通りの先に陣取っている。ノルウェー人三人が政府によりシリアに派遣されていた。〈アドバイザー〉の名目だが、民主化勢力の応援を目的にしたものだ。〈アドバイザー〉と〈兵士〉の違いについては、将軍たちに説明を委ねるしかない。自分にとっての問題は、そのときそこで何をするかだった。目の前にある広場の安全が確保されないかぎり、中隊は前進することができない。段ボール箱に爆弾が仕掛けられていても、ライフルで撃てば起爆させることができるだろう。しかし、赤ん坊を殺すつもりはない。

チェックメイト。

そのとき赤ん坊の上方で動くものがあった。ライフルを構えた。広場の反対側、残骸と化した雑貨店の壁から犬が現れた。照準器越しに見える灰色斑《まだら》の毛皮には肋骨《ろっこつ》が浮き出ている。荒廃した町には野良犬が溢《あふ》れ、餌《えさ》を探してうろついていた。何が起ころうとしているかを悟ったときには手遅れだった。犬が箱に駆け寄り頭を突っ込むと、片足に噛《か》みついて赤ん坊を引っ張り出した。男の子は地面を引きずられながら、悲痛な叫び声を上げ、なす術《すべ》もなく腕をばたつかせた。引鉄《ひきがね》を絞りながら、犬を照準十字線中央に合わせようとした。だが、その姿はすでに半ば、壊れたジャングルジムの陰に隠れていた。今撃てば、子どもに当たるリスクがある。

ガイアが双眼距離計を覗《のぞ》きながら、指示を出した。「二百……四十メートル。西微風」

風と距離に合わせて照準器のダイアルを回し、ゆっくりと呼吸することに集中する。耳の中で、血管の脈打つ音が遠い谺《こだま》のように響いた。スナイパーとして、脈動の合間に引鉄をひくように訓練されている。視界の隅で何かが動いた。それを無視する。今問題なのは赤ん坊の命を救うことだけだ。人差し指が引鉄の持つ、ぎりぎり最後の遊びを絞り切ろうとする。ジャングルジムの陰から犬が現れた瞬間を撃つつもりだった。

「民間人！」ガイアが怒鳴った。

照準器に足が現れた。一人の男が犬に向かって走っている。オリーブグリーンのジャージの上に白の袖《そで》なしベストを着ている。胸の中央には赤いシンボルマーク。フランスの救援組織、〈国境なき医師団〉のマークだった。

ヤン・ルノーの姿を最初に目にしたのはこのときだった。

照準器越しの出会いだ。

ヤンが犬を追いかけた。カールした焦げ茶色の髪が頭の上で跳ねるように揺れている。手に何かを持っていて、それが陽の光を反射していた。片腕を前に出したかと思うと、その金属がくるくると回転しながら飛び、犬の脇腹《わきばら》に命中した。犬が赤ん坊を落とした。吠《ほ》えられてもヤンはたじろがず、石を拾うと犬に投げつけた。犬はまた唸り声を発した。一瞬、ヤンに襲いかかるものと思えたが、いきなり向きを変え走り去っていった。

ヤンが赤ん坊を抱き上げた。少年の犬に嚙まれた片足から血が流れ落ちていた。ヤンは子どもを胸に押し付けるようにしたまま、回れ右して駆けだした。ヤンの肩越しに、赤ん坊の怯《おび》えた目が見えた。そのとき、照準器の中でヤンの前に何かが割り込んだ。砂利と埃がヤンの後ろで舞い上がった。一瞬ののち、銃声が耳に達した。

「スナイパーだ！　二階、上だ、上！」

ガイアからの指示。反射的に従う。爆破されたアパート区域の壁にぽっかりとあいた穴が、照準器の視界を占有した。直後、影の奥でちらりと光るものが見えた。スナイパーがヤンを狙っている。次の銃声が届く前に反撃した。一連の滑らかな動作で、遊底を引き薬莢《やっきょう》を排出し、弾丸を装塡《そうてん》してまた撃つ。瞬きすらしない。アパートの暗がりの中に動きがないかどうかを探る。

何もない。

もう銃撃もなかった。

ISのスナイパーに命中したかどうかも分からない。

思い切って照準器から目を離し広場を見た。ヤンの姿は消えていた。

二週間ほど経った頃、このとき救った赤ん坊に会うようにと、ヤンが難民キャンプに招待してくれた。ヤンがサディを腕に抱かせてくれたとき、お腹のあたりで幸福感が疼《うず》いた。ヤンと目が合った。頰《ほお》が紅潮するのを感じた。

こんなふうにすべてが始まった。

喜びも。

苦しみも。

心のDVDを止めた。

呼吸が速すぎる。片膝をつく。動くとタワーがかすかに揺れた。喉に何かの塊が詰まっていて、そのせいで呼吸が苦しいような気がした。目がぼんやりする。パニック発作をなんとか抑えようと気を引き締めた。すべて心の中のことだと分かっていたが、心にもそのことを理解させようと努めた。やがて呼吸が落ち着いた。

壁にあいた穴に頭を近付け、タワーの外を見た。何も見えなかった。赤外線カメラを使っても同じだった。かすかな星の光を頼りに、例の亀裂が幅を広げていないかどうかを確認しようとした。自分たちがサブヴァバーを最初に着氷させたときにやったように、中国人もまた、一・五メートル以上の厚みがある氷盤を選んでいた。そうすれば、以降何ヶ月ももつことは確実であるはずだった。だが、氷に関してはもう何一つ信じる気にはならなかった。

血流を促進しようと、片腕を上に伸ばす。手が、頭上で天井から飛び出しているヒンジに触れた。無意識にそれをいじりながら、遠くの風景に集中しようとした。そのとき、背中に鋭い痛みが走った。何かがぶつかったようだった。身体を捻《ねじ》って後ろを見ると床に黒い箱が落ちている。ちょうどヒンジの下。落とし戸があった。それが開いて、天井裏にあったものが落ちてきたのだ。すっかり弱くなったマグライトの光を当て、天井裏を覗き込む。狭いスペースにケーブルが詰め込まれている。フラッドライトの接続ケーブル。誰かがここに黒い箱を隠したのだ。マグライトのバッテリーが死んだ。

犯人か？

だが、なぜ？

箱を拾い上げた。驚くほど軽い。星明かりの中で、箱の後部に三つの穴があいている。その上に、漢字が書かれているが読めない。しかしこの種の穴になら、見憶えがあった。

この箱が何に使われるものかは分かった。

56

アナは凍りついたステップに足を取られぬようゆっくり、慎重に梯子を降りた。一段一段、ヤンの思い出から離れていく。

両足が氷原につくなり、雪溜まりから雪が舞い上がった。風がまた強くなり始めていた。神の、あるいは北極の悪戯《いたずら》か、万事順調に行くとこっちが信じ込むように、ほんの少しのあいだだけ嵐を手なずけたかのようだった。夜空より黒い雲が地平線から湧き上がり星を厚く覆っている。短時間の静寂は嵐の目に入ったせいだったのだ。

氷原を進むアナを風が鞭打《むちう》った。向かう先は、オレンジ色のジャケットを着た死体と何台ものサーバーがあるキャビンだった。キャビンに着くとアナは、キャビネットの一つに歩み寄った。からっぽの棚から黒、灰ツートンのケーブルが二本垂れ下がっている。ガラス扉を開けたあと、例の黒い箱を当ててがってみる。どうやら合いそうだった。黒い箱は予想どおりのものだった。コンピュータ。もっと正確に言えば、ハードディスク・ドライブだ。

アナは死体の着ているジャケットに異状がないかどうかをチェックした。背の部分に弾痕《だんこん》はない。次にうまく手をテーブルの下に滑り込ませて、ジャケットの前の部分を手探りしていった。指先が硬いものに触れた。ナイフの柄《つか》だった。普通の料理用包丁のようだ。アナはテーブルの下に潜り込んだ。ジャケットにはナイフが斬《き》り込んだ深い裂け目があった。アイス・ドラゴンで起こった他の殺人とは違って、こうした殺し方はパニックに陥った者の衝動的行為に思われる。ほかの隊員たちは凍死させられたか、冷酷に射殺されたかのどちらかなのだ。

アナは後ろ向きにテーブルから這《は》い出すと立ち上がった。死体から三つのスクリーンへと視線を移す。今は、流氷原上空に舞うオーロラが映し出されている。この世のものとも思えない美しさだった。部屋にあるものはすべて、人間によって作られたものだ。人工的で冷たい。死体が頭を載せていたラミネート加工のプラスティックテーブル。修正を施された自然の画像。ガラス扉の内側にあるデジタル機器。自然の産物と呼べるのは死体だけだった。生きていれば何かの邪魔になる。だからこの男は殺されたのだ。

具体的事実を欠いた現状で、唯一の武器となるのは直感だった。その直感がアナに告げた。すべてはここで始まった。今も作動しつづけている、これらのコンピュータの前で始まったのだ。

食堂に戻ると、ザカリアッセンがジャッキーと一緒にテーブルについていた。何やら低い声で話している。ザカリアッセンはおそらく、海底鉱山についてさらなる情報を得ようとしているのだろう。アナが入るとザカリアッセンは慌てて立ち上がった。

「姿は見えたのか？　ランポだ。氷原にいたのか？」

アナは周囲を見回した。キャビンには自分と、この二人しかいない。

「マルコはどこ？」

「まだ作業棟にいる。ＧＰＳに使えるバッテリーを探してるんだ」

「一人にしちゃダメじゃない」

「ドアは開かんようにしてある。出られんよ」ザカリアッセンは、ジャッキーの頭上にあるランプから下がった点滴バッグを指差した。「あれがからだったから、交換したんだ」

テーブルの上に、からのバッグがあった。

「作業棟に戻ってマルコを見張ってて。わたしはすぐにジャッキーと話をしなくちゃいけない」

「そうか……話って、どんなことだ？」

「どうもよく分からないことがあるのよ……頼りになりそうなのはジャッキーだけな

の」

　ザカリアッセンはジャッキーに目をやったあと、ノルウェー語に切り替えた。

「コンピュータが設置してあるキャビンに入っていくのを見たが……探していたものがあそこにあったとか？」

「そうなのかも。タワーでハードディスク・ドライブを見つけた。あんなところまでわざわざ苦労して登って、それを隠した人間がいる」

　厚いレンズの奥でザカリアッセンの睫毛《まつげ》が瞬《また》いた。「ハードディスク内の情報は？」

「ジャッキーの協力が必要なのは、まさにそこんとこ」

　ザカリアッセンがまたジャッキーに目をやった。

「データに関してならそこそこ詳しいから、まずはわたしが試してみたほうがいいんじゃ？」

「そう言ってくれるのはありがたいけど、今はそのことに時間はかけられない。ハードディスクはさほど重要ってわけじゃないの。一番大事なのはマルコに間違いなくGPSの問題を解決させることなのよ。ランポが本当にこっちに戻って来ようとしているんなら、何がなんでも止めなくちゃならないんだから」

　ザカリアッセンが口をへの字にし、鼻から溜息《ためいき》を吐いた。伸びた鼻毛が二、三本震えた。「ランポが死んでたとしたら？」

「あなたも見たでしょ？　ＧＰＳ信号が移動してた。ランポが生きている証拠よ」

「やつもホッキョクグマに殺《や》られたのかもしれない。クマの腹の中からの信号かも」堪忍袋《かんにんぶくろ》の緒が切れそうだった。「かも、かもって……推測ばっかりじゃない。わたし、そういうの嫌いなの。すぐにわたしの言うとおりにして。あなたはマルコを見張る。わたしはジャッキーを連れて行く。分かった？」

　ザカリアッセンは大きく息を吸い込んだ。潤んでどんよりした目に、諦《あきら》めの色が浮かんでいた。どうあがいても、全身全霊を傾けてきた探検が万事休してしまったことは、おそらくこの老人にも分かっているのだろう。もう七十三歳だった。この先、北極探検のチャンスはないだろう。今問題となるのは、救援が来るまで持ちこたえることだけだった。それができればノルウェーに戻り、意味あることを探しながら余生を送ることができるだろう。アナは急にこの老教授が愛おしくなり、その肩に手を置いた。

「大丈夫、ダニエル？」

　ザカリアッセンは急いで笑顔を作り、目を瞬かせて涙を払った。

「ああ、ああ……大丈夫さ。きみの言うようにしよう。おそらくきみが一番分かってるからな」

57

庭を横切るアナとジャッキーの顔に、風が氷の粒を叩き付けた。サーバーのあるキャビンに入ると、二人は死体を床に置き、作業棟から持ってきた防水シートを被せた。アナはジャッキーの両手首を摑むと、死体が座っていた椅子の背もたれに結束バンドで縛り付けた。そのあと、アナはテーブルからハードディスク・ドライブを取り上げた。

「これがなんだか分かるわよね？」

ジャッキーは黒い箱からアナに視線を移した。「ハードディスクだけど……」

「それはわたしにもとっくに分かってる。中に何が入ってるか知ってるかってこと」

「知らない」

アイス・ドラゴンでなぜあれほど多くの隊員が殺されたのか？　その理由を突き止めてやろうと、アナは心を決めていた。そしてランポがすぐには現れない可能性に賭《か》けていた。わざわざ生命の危険を冒してまで、基地の別の場所でなく、タワーのてっぺんに隠したということは、ハードディスク・ドライブがきわめて重要だということにちがいない。アナはハードディスクをコンピュータに繋ぎ、ネットワークに接続した。ディスクがかすかにブーンと音を立て、前面の青いランプが点滅し始めた。

「ジャッキー……基地でデータ処理の仕事をしてたって言ってたわよね？　このハードディスクが外されてた理由を教えてくれない？」

細面《ほそおもて》の顔がアナの方を向いた。コンピュータ・モニタからの光が滑らかな額の蒼《あお》白《じろ》さと交じり合う。長い睫毛の上で、青い光が躍っていた。ジャッキーは首を振って目の前に下がった髪を払った。「分からないな……海底からのデータはすべてここに保存されている。でも、安全を考慮して、データはいくつかのハードディスクに分散されるんだ。どれか一台が損傷した場合に備えてね。おたくが持ってるのは、損傷したやつじゃないかな」

「よく言うわね。じゃ、壊れたハードディスクをあそこのタワーの高いところに保管しとくってのは、普通のことなの？……それが一番簡単な処理法だというわけ？」

ジャッキーが驚いた目でアナを見た。

「誰がそんなところに？」

ジャッキーの反応と質問は自然なものに思えた。

「マルコかも。あの人について知っていることは？」

「まともなやつだよ。腕のいいメカニックみたいだし。まあ、ちょっとギャンブルに入れ込みすぎかもしれないけど」

「マルコに借金はあったかしら?」

「いや、フーとかほかのやつが……マルコに借りてたと思う」

アナは死人に被せた防水シートに目をやった。

「ここで働いてたこの男……マルコにお金を借りてた一人かしら?」

ジャッキーが大きく息を吸った。肩が上がった。

「かもしれない……」

ハードディスク・ドライブが突然ググーという音を立てた。プロセッサーが特別に興味深い何かに遭遇したかのようだった。アナは目の端でちらつく光を捉えた。死体の向こうにあるスタンド。そこに掛けられた黒いスラロームヘルメット。光はヘルメットの内側から来ていた。アナは突然思い当たった。北極はスラロームができる場所ではない。テーブルを回り込み、スタンドからヘルメットを取った。ケーブルが一本、だらりと床に垂れ下がった。ケーブルはヘビのようにくねりながらサーバー・キャビネットの裏に続いている。本来バイザーであるはずの部分には、ヘルメット内部の暗い空間で揺らめく立体映像が映っている。

「これは何?」

「仮想空間……三D画像だよ」ジャッキーが答えた。「地質データを研究するのに使うんだ」

アナは窮屈にならないように背負っていた弓を身体から外すと、ヘルメットを被った。

キャビンの壁が消えた。

広大な世界が現れた。

アナは鋸《のこぎり》状の山頂に挟まれた平野に立っていた。シュールな彩りだった。頂上が明るいオレンジ、下に行くに従って黄色や濃緑色に変わる。目の真ん前にちかちかと点滅する文字が浮かんでいる。〈このデータには失われた、あるいは損傷した情報が含まれています。バックアップから復元しますか？　はい・いいえ〉

アナは仮想空間の〈はい〉に指を置いた。文字が大きくなった。

ヘルメット外のどこかでハードディスク・ドライブが高速で回転した。アナは山の方に引っ張られたあと山を越えた。実際に動いてはいないことを知っているにもかかわらず、あまりの速さに身体のバランスを崩しそうになった。紺色の穴が山の後ろに現れた。それがだんだん大きくなり、ぐわっと口を開けてアナを呑み込んだ。その穴の深みでオレンジと赤の光が燃えていた。深淵の横腹にある岩棚に載っている物体がある。その上に、漢字がぶら下がっていた。黄色い三角形が点滅している。その物体は円柱状だが、壊れた箇所が三つあった。海底の亀裂にいるのだと、アナは悟った。自分が漂っている三次元の世界は、海底に設置されたレーダーによって作り出されたものにちがいない。アナは覚束《おぼつか》ない足取りで、二歩ほど壊れた円柱に近付いた。

足元が揺れる。

遠くからの音がヘルメットの中に侵入してきた。

外から。

現実世界からだ。

58

アナはヘルメットを剝ぎ取った。目の前にいるジャッキーの顔が光輪に囲まれている。まるで窓の外で太陽が昇ったかのようだった。アナは雪の中に駆け出た。

夜が真昼と化していた。サブヴァバーの周囲で火の手が上がっている。衝突した青のキャビンから噴き出た巨大な火柱が、風に揺れる巨木のように機体を見下ろしていた。吹きすぎる雪が炎から光を奪い闇の中に引き込む有様は、ストロボの閃光さながらだった。アナは火炎地獄に向かったが、火災がもたらした旋風の勢いは強烈で、向かい風の中で立ち尽くしているのと大差はなかった。

男のシルエットが機体の上に見えた。赤と黄色のサバイバルスーツに、モミの巨木のような火柱から、球果のごとき火の粉が降りかかっている。ザカリアッセンが機内に入ろうとしていた。

一瞬ののち、ホバークラフトのドアがまた開いた。ザカリアッセンが消火器を持って現れた。駆け足で機体の上を横切り、火の真正面に当たる胴体側面に向かった。

「ダニエル、離れて！　燃料が爆発する！」アナは怒鳴った。だがその警告は嵐に呑み込まれ、氷原に消えた。ザカリアッセンは機体の陰に姿を消した。炎を背に上半身だけが見えた。その姿が一瞬、消火器が発した泡の雲に隠れた。

アナは火に向かって、腰を屈めジグザグに走った。中国人の死体を覆う雪溜まりが、荒涼とした影を投げかけてきた。揺れる炎が亀裂表面に張った氷を照らし出している。鋭く尖《とが》った縁が見えた。回り道する時間はない。アナは五十センチの溝を飛び越え向かい側に着地した。体勢を崩して倒れ転がったが、なんとか力を振り絞って立ち上がった。

その姿を認めたザカリアッセンが機体から飛び降り、途中まで駆けて来た。

「伏せて！」

アナはザカリアッセンを思い切り雪に押し付けたあと、頭を火に向けたまま、その隣に身を投げた。炎と本館のあいだにある暗闇に目を凝らす。

「何をしてる？　サブヴァバーを救わなくちゃならんのに！」ザカリアッセンが怒鳴った。

「まず自分たちを救わなくっちゃ！」

ザカリアッセンは闇の中でアナの視線を追った。

「ひょっとして……やつがやったと思ってるのか？」

「零下二十度じゃ、自然発火なんてあり得ない。銃声は聞こえなかった？」

「いや、何も」

ゴーグルに付着した雪を拭《ぬぐ》う。炎の放つ光のせいで暗さに慣れた目が利かない。基地の先にある暗闇には何も見えなかった。ザカリアッセンが命を懸けてまで守ろうとしたサブヴァバーに目をやる。機体の火に面した側は、消火器の泡に覆われていた。

「これは陽動よ。ランポはわたしたちをおびき出そうとしたんだわ。わたしがやつだったら、今頃は反対側に回り込んでる」ランポは基地周囲の暗闇に紛れて走り、キャビンの影に隠れて近付くことができただろう。ジャッキーとマルコの説明によるがっしりとした身体の男に関する人物像は、もはや正しいとは思えなかった。この攻撃は精神的に不安定な人間の仕業ではない。

「ここにいるわけにはいかない……この明るさじゃこっちの姿は丸見え。こっちから行って捕まえてやる。ダニエル、掩護《えんご》して」

アナはザカリアッセンがライフルを雪から拾い上げるまで待ってから、サブヴァバーに向かってゆっくりと進みだした。火の熱がゴーグルとスキーマスクのあいだに露出した素肌を焦がすようだった。凍って死ぬか、焼けて死ぬか。北極での死に方には際限がない。

サブヴァバーにたどり着くと、アナは立ち上がり反対側に駆け込んで機体の裏側に隠れた。がらんとした庭を見る。異状はない。機体に飛び乗り、ザカリアッセンが消火器を持ち出したまま開けっ放しにしたハッチに潜り込む。艇内は火で熱せられていた。だが燃料庫に面した窓は消火器の泡に覆われている。希望的観測だが、サブヴァバーに燃え移ることはないように思えた。

外から見えぬよう、膝立ちしたまま動く。割れた窓の下にあるベッドには、吹き込んだ雪が積もっていた。雪が融けた水が小さな流れとなって、ベッドから滴《したた》り落ちている。

アナはそのままの姿勢で水溜りを抜け、ベッドの下に手を伸ばした。指先でリュックサックを探り当て掴み出す。中には小さなスコップと、エナジードリンク、戦闘用糧食、それに一人用寝袋が一枚入っていた。サブヴァバーが完全に破壊され、他の非常用装備がすべて使えなくなった場合、これが最後の命綱になる。

無線送信機の載ったテーブルから衛星電話の一つを掴み取る。パワーボタンを押し、改めてボリスを呼び出そうとしてみたが、前と同様、遥《はる》か宇宙から届くホワイトノイズが返って来るだけだった。

機外に出ようとしたとき、アナは緊急ロケーションビーコンに赤ランプが点滅していることに気付いた。カバーを開けてみると、ディスプレイにメッセージが表示されている。〈救援チーム、現地時間午後七時三十分到着〉腕時計を見ると、あとほぼ一時間。一時間生き抜けばいい。つまり、ランポが一時間生き抜くことがあってはならないのだ。

59

「アメリカ・チームが一時間後に来るわ」

　メガネとゴーグルの奥で、ザカリアッセンの目が大きく見開かれた。炎の明かりに照らされた顔。焦げた眉毛《まゆげ》の上には玉のような汗が浮いている。「確かなのか？」

「ええ、緊急ロケーションビーコンにメッセージが入ったの」

　風が再び吹き始め、勢いを増した。北極は本来の戦略に回帰した。頭に叩き付ける雪が炎の海に照らされて、燃える彗星《すいせい》のように光っている。燃料庫の火は、キャビンとキャビンのあいだの雪も照らしている。そこには誰もいなかった。

「なら、どこか安全なところを見つけて、そこで待機するってのはどうだろう？」

　アナは首を振った。

「無理だわ。ランポはライフルを持ってる。やつには暗闇からわたしたちが見えるけど、こっちにはやつが見えない。やつには、やろうと思えば、そっと近付いてきて一人ひとり始末することだってできる」

「じゃ、どうする？」

「わたしがやつのところに行かなくちゃならない。来て！」

アナは立ち上がった。亀裂と平行に進む。ザカリアッセンが駆け足で後を追ってくる。巨大な炎が放つ光が氷に長い影を投げかけた。

アナは作業棟の裏にザカリアッセンを立たせた。

「氷原に救援ヘリ以外の何かが見えたら、撃って。分かった？」

ザカリアッセンが頭を動かした。アナはそれを承諾の仕種だと受け取った。アナは駆け足で角を回り込み、作業棟のドアまで行った。ザカリアッセンが閂《かんぬき》代わりに使った鉄パイプを抜き中に入る。どこにもマルコの姿が見えなかった。アナは声をかぎりに叫んだ。

「わたしよ！　出て来て、マルコ！　さもないと、このキャビンも焼き落とすわよ」

棚の陰でガサゴソいう音がした。マルコが怯えた表情をして現れた。大きなスパナを振りかざしている。

「誰だか分からなかったんだ」マルコはスパナをツールウォールのあるべき箇所に戻した。「爆発音が聞こえた。何があったんだ？」

「ランポが燃料庫を爆破したの。ますますあんたのGPSが必要になったってこと！」

マルコはがっしりとした身体をツールベンチに向け、GPSのスクリーンを取り上げた。背面に二つの大きなバッテリーがダクトテープで縛り付けられている。作業のせいで黒く汚れた爪《つめ》の先が触れるたびに、スクリーンに跡が残る。「作動はする……だけどバッテリーがどれくらいもつか見当がつかない」衛星地図が現れた。細菌のような赤いドットが、死者と生者を表示している。

「ランポの現在位置は？」

汚れた指先が地図を上に押し上げた。一つだけ離れたところにあるドットが画面に入った。マルコが眉根《まゆね》を寄せた。「ランポは……南西に向かってる……」ランポの位置を示すドットには移動の跡も表示されている。ランポのドットは緯度線にぶつかったところで、前後にジャンプしている。まるで実際に障碍物《しょうがいぶつ》があって乗り越えるのに苦労しているかのような動きだった。

「距離は？」

「現在のところ……およそ九百六十……四メートル」

この天候下、十分間でどれくらいの距離を走れるものだろう？　アナはからの武器保管庫を見た。

「ここのライフル、赤外線レーザー照準器は具《そな》えてるの？」

「ああ、当たり前だろ？」マルコが答えた。「じゃなきゃ暗い中、どうやって標的に命中させられるんだ？」

どうやってランポは、吹雪の中これほどの距離がありながら燃料庫に命中させることができたのか——これでその説明がつく。赤外線がキャビンの熱を感知し、夜を昼に変えたのだ。

「GPSを運んで行けるものを見つけて」アナは言った。

マルコは黒いキャリーケースが載った棚に歩み寄った。ケースの一つから中身を取り出し改造GPSを詰め込むと、アナに渡した。アナはケースのストラップを首に掛けた。これで画面にちらりと目をやるだけで、ランポの位置が分かるだろう。

「さっきも言ったけど、バッテリーがいつまでもつか分からない」マルコが自分の作品を不安そうに見た。

「そのリスクは承知よ。こっちに来て」アナはマルコの手を取り、スティール製の作業テーブルまで連れて行った。マルコの片手をテーブルの脚に結束バンドで縛り付ける。マルコは不安そうに、額に皺を寄せた。

「もしランポが……あんたを殺しちまったら？」マルコが訊いた。

「うーん、そのときは、あんたのこともジャッキーのことも気にしなくてよくなるわね」

破損したタイヤのすぐそばにスキーのポールが一本立っていた。アナはそれを引き抜き、マルコを残して作業棟から歩み出た。マルコの蛍光サバイバルスーツが、後ろ髪を引くように、一瞬輝きを増したように見えた。

「さあ、ランポを探しに行くわよ！」

アナは吹雪に足を踏み出しながらザカリアッセンに向かって叫んだ。「たった一キロ」アナはコンピュータ棟の方を指差した。「あそこでジャッキーを見張ってて。でも一分置きにドアの外を見ることも忘れないで」

ザカリアッセンはアナが首に掛けたキャリーケースを見下ろした。ランポの位置を示すドットが暗闇の中で光っている。

「いいか、気をつけるんだぞ、アナ」ザカリアッセンは言った。「無茶をするんじゃないぞ」

ぶかぶかのサバイバルスーツを着たその姿は、これまでになく小さく痩《や》せて見えた。老人の目に怯えの色が浮かんでいる。自分が戻って来なかったら、どうなるのかを怖れているのだ。だが選択の余地はなかった。老人はアイス・ドラゴンに残るしかない。

「ランポの居場所は正確に把握してる」アナはそう言って、いかにも自信ありげにハンティングナイフを掲げた。「瞬殺してやるわよ」

ザカリアッセンが急に咳《せ》き込んだ。なんとか咳《せき》を止めようと痩せた身体を二つに折る。担いだライフルが左右に揺れた。アナを見る目が涙に潤んでいた。

「アナ……こんな面倒に巻き込んですまないと思っている」か細い声だった。「なんとか力になりたいと思っただけなんだ」

「今はそんなこと心配しないで。わたしはどうやら面倒に巻き込まれるよう生まれついてるのよ」アナは両腕を伸ばし、ザカリアッセンをハグした。「あなたこそ気をつけて、ダニエル。すぐに帰ってくるから」

アナはザカリアッセンから身体を離すと、急いで嵐の中に歩き出た。これ以上感傷的になられたら堪《たま》らなかった。

60

あと四十七分ですべてが終わるだろう。

腕時計の蛍光針が、アメリカの救援チーム到着までの時間を告げている。四十七分──ランポを見つけ無力化するまでの時間だ。このような極限的状況にあっては、無力化、すなわち殺害を意味する。炎の放つ光の中、アナは自分の影を追うように歩いていた。が、突然、その光が失われ始めた。振り向くと、燃料庫の残り火が氷に崩れ落ちるところだった。火の手が何本か、沈んでいく燃料庫から逃れようともがき、燃え上がるが風に寸断されている。暗闇が戻って来た。

強風に背を向けて片膝をついたまま、目が暗さに慣れるのを待つ。雪が身体の周りに積もる。白い死体袋。しばらくのちには、この身体も雪の彫刻となってしまうだろう。フードに頭を深く埋めて、アナはすべてから逃れ、自分の小宇宙の中にいた。暗闇が忍び込み、アナを疲弊《ひへい》させた。ただ眠りたかった。

柔らかな声が心に入り込んだ。

〈大丈夫かい、アナ?〉

「ううん、大丈夫なわけない」

〈きみの力を信じてる。きっとできるさ〉

「言うのは簡単よ、ヤン。あなたは死んでるし」

ヤンは言い返さなかった。

意志の力が優った。意志が手を雪の中に下ろせと命令し、顔からゴーグルを外し、雪を目にすり込んだ。すぐに寒さがアナを正気に戻した。強風が背中から雪を剝ぎ取り、アナ・アウネを再び氷上に立たせた。作業棟で調達したヘッドランプのスウィッチを入れる。

前を見ても、氷塊の輪郭がぼんやりと見える程度だった。決然たる意志の力で、足を交互に出す。風を背に受けながらも、進むペースが急に落ちた。新雪の下に無数の亀裂が隠れているかもしれない。

作業棟から持って来たスキーのポールが、盲人用の白い杖《つえ》の役割を果たした。ポールの先を雪に押し込み、氷が重さに耐えるかどうかを確認する。そびえ立つ氷の壁まで来る。サブヴァバーが衝突しそうになった氷丘脈《ひょうきゅうみゃく》だ。そこでアナはひとつの氷塊の陰に身を隠す場所を見つけ、マルコ手製のGPSを改めてよく見た。

ランポの赤い点は今、四百メートルあるかないかのところにあった。今は西に向かって移動している。アナは〈秘密兵器〉を取り出した。例の赤外線カメラだ。それを片手に持ち、切り立った氷の崖《がけ》を登った。頂上には新雪が高く積もっていて滑る。アナは何度も足を取られた。登っている途中で緩んだ氷の塊を蹴《け》った。ヒューヒューと鳴る風が音を呑み込んでしまう。これでは音でランポの存在を察知するのは不可能かもしれない。アナはヘッドランプを切り、一番背の高い氷塊を摑んで、氷丘脈の深い溝の上に身体を持ち上げた。

氷丘脈の先端越しにカメラを構える。両手に強風が摑みかかる。カメラを覗き込むためには、ゴーグルを上げる必要があった。目と赤外線カメラのスクリーンに、雪が吹き付ける。見えるのは濃紺の影だけだった。氷塊の上で身体をひねり、カメラを南に向けた。黄色いシミが流動しつづけるアミーバのようにスクリーン上を素速く横切った。生物の体温を感知したのだ。

犯人は氷壁の反対側にいる。

それを見て、全身の毛穴が開いた。温かいサバイバルスーツを通して、身体がスポンジのように凍《い》て付く寒さを吸収した。アナは自分が脆《もろ》いガラスの彫像になったような気がした。今ここから落ちたら、あの大きな黄色い建物にいた男たちと同じように、氷原に激突し身体は粉砕されるだろう。

アナは敵に見られぬよう素速く腰を屈めた。だがその動作があまりに大胆すぎた。

アナは足場を失い、氷の裂け目に向かって滑り落ちだした。カメラを落とし、氷の突起を摑む。身体がよじられる。アナは深い亀裂に身体半分が入ったままぶら下がる恰好で止まった。脚を蹴り出す。やがてブーツがなんとか氷を捉えた。氷原に降りて行きながら、アナは氷丘脈の反対側にいるランポの正確な位置を記憶に留めようとした。

下まで降りきると、アナはナイフを手に、氷壁の端にゆっくりと移動した。歩数を数えながら進む。氷壁が途切れたところで、風が強さを増した。アナは立ち止まった。フードが激しくばたつく。氷丘脈頂上にいるところを見られたとしたら、ランポには、自分がどちらの方向から近付くかは分かっているだろう。

〈頑張れ、アナ。きみならできる〉

「うるさい、黙ってて」

アナは氷丘脈から身を投げ出した。向かい風に逆らい氷壁の反対側に沿って進む。歩数を数え、百五十歩のところで止まった。赤外線カメラがランポの体温を捉えた場所だ。風が運ぶ雪の津波が氷丘脈を越えていく。氷壁の際《きわ》に潜んでいるものはなかった。

嵐の絶え間ない風音が、オーケストラの弦楽に新しいユニットが加わったかのように、突然大きくなった。だがそれはバイオリンの音ではなく、もっと暗いビオラの音だった。その物悲しい風音は突然やんだかと思うと、またすぐに戻って来る。風の音ではない。

別のものだ。

音は、暗闇にかろうじて見える大きな氷塊から聞こえてくる。ほんの数メートル先だ。ランポの隠れ場所か？　ナイフを高く構えてその氷塊に向かって走る。最後の一、二メートルに達したところで、肩にかかる風圧が身体を前にどんと押し出した。アナは息を切らしながら、氷に背中を押し付けた。

右か左か？

最初に考えついたルートを決して取ってはならない。

常に予測不可能と心得よ。

アナは氷塊に背をつけたまま左に行った。風に押されるように側面に回り込む。反対側に出たとき、構えたナイフの前には何もなかった。ただ、氷に吹き寄せた巨大な雪溜まりがあるだけだった。

アナはヘッドランプのスウィッチを入れた。光線が雪溜まりを照らし出す。黒っぽい斑点《はんてん》があった。血痕《けっこん》が雪溜まりを越えて先に続いている。

再びヘッドランプを消し、雪溜まりの横に走った。ヘッドランプの光を見たランポが、なんだろうと調べにくる前に、立ち位置を変えたかった。風音が吠え声に変わった。おそらく犬を連れているにちがいない。

アナは身を屈め、雪溜まりの端沿いに歩いた。暗闇の中、片手を雪の中に入れて進む。こうすれば雪溜まりから逸れることはない。犬の吠え声は真ん前から聞こえた。が今は、ほかの音も聞こえる。ざらざらして太い声。鼻を鳴らし喘《あえ》ぐような声。

アナはヘッドランプに手をやり、頭の上にナイフを掲げたあと、スウィッチを入れた。

明るい光が、別の雪溜まりを捉えた。だが、今度のは氷の上を移動している。風の中、それはアナの方に身体をよじった。白い顔に三つの黒い円がついている。

ホッキョクグマの鼻と目だった。

61

アナは瞬時に自らのミスを悟り、再び我が身を呪《のろ》った。ランポの追跡に集中するあまり、視野が狭まっていた。北極で体温を発するのは人間ばかりではないのだ。

ホッキョクグマは耳を後ろに倒し頭を下げている。攻撃態勢だ。身をよじってリュックサックを降ろしながら、アナは声をかぎりに叫んだ。クマは幅広の頭を左右に振った。その後ろで何かが動いた。アナはリュックサックからスコップを引っ張り出し、それとナイフを振りかざしながら叫びつづけた。

犬が再び吠えた。ホッキョクグマが振り向いた。アナは一歩前に進んだ。クマがまた自分の方を向いたとき、アナはスコップを突き出して鼻を叩き、そのあとすぐに後退した。ホッキョクグマは鼻を鳴らし、前肢を口元に上げた。アナはナイフを構えた。今攻撃を仕掛けるとすれば、方法は一つ。顎の下を狙《ねら》って首に斬り込まなくてはならない。

灰色の影が暗闇から跳び出した。犬はクマの尻《しり》に嚙みつき、そのあと再び暗闇に消えた。ホッキョクグマが再び素速く身体の向きを変えた。クマの毛皮に一本の黒い縞《しま》がついているのが見えた。浮き出した胸郭を横切っている。犬が再び跳び出した。クマは犬に向かって乱暴に前肢を振った。犬は身体をくねらすようにして後退したあと、吠え声を上げて再び前に跳んだ。ホッキョクグマはまた前肢を振ったが、犬もまた踊るような身のこなしで、敵に向かって牙《きば》を剝《む》き出し吠えながら、見事に攻撃をかわした。

ホッキョクグマは苛立ったような咆哮《ほうこう》を上げた。頭を横に振ったあと後ろを向くと、暗闇にとぼとぼと歩いて行き、犬に追われながら姿を消した。アナは両膝をついて、クマが姿を消したあたりの暗闇を見つめ、風音の向こうに気配を感じようとした。呼吸が速くなりすぎて目がちらついた。ナイフを持っているのが辛くなる。

犬が駆け戻って来た。オオカミのような外見だった。頭の上に耳がぴんと立っていて、鼻面が長く尖っている。毛は灰色というより白に近い。目が暗闇で輝いていた。ハスキー犬だ。ホン司令官の犬であることに間違いはなかった。

「スンジ！　スンジ！　なんていい娘《こ》なの、スンジ！」アナは叫んだ。

その叫びに誘われたかのように、犬がアナに近付いて来た。スンジがアナの顔を舐《な》める。濡《ぬ》れた舌がゴーグルによだれの跡を残した。アナは両腕をスンジの頸《くび》に回し抱き締めた。温かい息が顔にかかった。犬は哀れな鳴き声を出した。振っている尾が赤く染まっている。新しい血にかさぶたが交じっている。おそらく、ザカリアッセンのモーゼルによる銃創だろう。

「あのホッキョクグマはあんたを狙ったのかしらね？……血の匂いを嗅《か》ぎつけて」アナは尾に触れようとしたが、スンジはウィーンと鳴いて後退った。「怖がらなくていいのよ、痛いことしないから」

スンジは数メートル離れたところに立っていた。穏やかな鳴き声を上げ、ときどき暗闇の方を振り返っては、消えたホッキョクグマの方に向かって吠えている。

アナは後ろ向きに這い進んで、さっき雪の上に放り投げたリュックサックを見つけると、手を突っ込んで保存食の一つを取り出し、袋を引き裂いてスンジのために脂肪のたっぷりついた肉を取り出した。スンジが匂いにつられて近付いて来る。最初は用心深くクンクンと匂いを嗅いでいたが、やがてがつがつと食べだした。

アナはＧＰＳを拾い上げた。落としたせいでスクリーンが雪に覆われていて、バッテリーの残量もわずかなようだったが、ランポの位置を示す赤いドットが、画面のほとんど中央に表示されていた。ごく近くにいるはずだった。

自分の位置を知るために、画面のドットから目を離さずに、身体を三百六十度回転させる。ランポは相変わらず西の方角にいた。距離をチェックする前に、スクリーンが真っ暗になったが、位置に関するイメージは頭に刻み込まれた。氷丘脈は西向きに伸びているから、ランポがそれに沿ったところにいる。そして百メートル以上離れていることはない。

「ついておいで、スンジ。悪者を捕まえようとしてるの――手伝ってくれるわよね？」ハスキーが口からだらりと舌を出し、やる気満々でアナの周りをぐるぐると回った。アナが歩き始める。スンジがあとに続いた。

死にかかった経験が纏《まと》わりついていた。すべての感覚を研《と》ぎ澄ます。周囲の光景がくっきりと見える。空中を疾駆する雪片さえ、危険を秘めている怖れがある。自分のブーツが氷を踏み砕く音が聞こえる。その音色こそが、亀裂が口を開けるときの警告音になるのだった。

アナは歩数を数えた。

八十三歩で、スンジが吠えた。

暗闇で何かが弾《はじ》けた。

アナは急停止した。

耳をそばだてる。氷丘脈の軋《きし》みと風音、耳に被さるフードの衣摺《きぬず》れ。それらが奏でる不協和音の中に、脅威を知らせる音が交じってはいないだろうか？　やがてまた、何かが弾ける音が聞こえた。バタバタというような音が、鋭く、速いテンポで何回か続いた。旗が風にあおられているような音だった。スンジがまた吠えた。宥《なだ》めようとしたが、スンジは音の聞こえた方に向かって走り、暗闇に消えた。

アナは犬のあとを追った。ランポがスンジの吠え声を聞きつけ撃ってくるかもしれない。アナはその危険を考え、弧《こ》を描くようにして進んだ。向かい風を真っ向に受ける。氷のように冷たい風がゼリーのように粘りつく。スンジが遠くで怯えたような吠え声を上げている。右方向。アナは片膝をつき、その声の方に目を凝らした。前方の氷上に何かが横たわっている。

雪の小山が一つ、消えては姿を現す。一瞬アナは、スンジが自分をまた、ホッキョクグマのところに連れて来たのかと思った。だがそのとき再び例の音が聞こえた。その音に、ある記憶が喚《よ》び起された。

心の中で、風の唸りがエンジン音のスタッカートになった。

ヘリコプターのローター。

背中を叩く手があった。飛べと命ずる男のしわがれた声。初めてパラシュート降下をする直前のことだった。

パラシュートが開くパーンという音。クルクルと回る。上空を見る。ヘリコプターの胴体がどんどん小さくなる。

足が地面を打つ衝撃。パラシュートが孕《はら》む風。身体がぐいと引っ張られる。風との綱引き。コードが腕に食い込む。痛い。


アナははためくパラシュートにゆっくりと近付いた。

パラシュートは氷塊を横切る恰好で潰《つぶ》れていた。吹き付ける風にバタバタと音を立てている。スンジが吠え声を上げ、パラシュートの前で一部雪に埋まっているものを、クンクンと嗅いだ。

橇《そり》だった。

パラシュートのコードが繋いである。パラシュートが煽《あお》られるたびに橇は白いヘビのように頭をぐいと持ち上げる。今度ばかりはアナも好奇心を抑え、正しいことをした。反対側に走って氷壁の陰に伏せ、橇を注視する。今スンジが吠えたのを聞いたなら、ランポも姿を見せるだろう。司令官の飼い犬に対しての憎悪がある以上、見ぬふりをするのは無理というものだ。

氷丘脈を越える雪が頭を打ち、フードが前に押されて顔に掛かった。視界が狭くなって、スンジの姿がほとんど見えない。スンジは相変わらず橇とパラシュートのあいだを行ったり来たりしている。風音に交じって、クンクンという鳴き声が聞こえる。

十分間じっと動かずにいたあと、アナは立ち上がった。

深い雪を掻き分けて、橇に歩み寄る。

スンジが跳び付いてきて、温かい鼻面をアナの手に押し付けクーンと優しく鳴いた。

アナは風に背を向けて身を乗り出し、橇に何があるかを調べた。積荷は防水シートに覆われていた。固定用のロープは硬く凍りついていて解くのは無理だった。アナはロープの下にナイフの刃先をこじいれた。ほとんどなんの抵抗もなく、ロープが二つに切れた。

防水シートに積もった雪は凍て付いて氷の殻《から》になり、ロープを切ったあとでもまだそのまま残っていた。スンジがすぐそばに立っていて、その息でゴーグルが曇った。アナは凍りついた防水シートを引き剝がした。広げた鉤爪《かぎづめ》が現れた。声にならない叫びが口から漏れる。アナは後退った。ナイフを握った手が、防衛反射で高く上がった。

マグライトの光に浮かび上がったのは、鉤爪ではなく人間の指だった。

62

『セブン』ほど、見て震え上がった映画はなかった。戦火の傷痕《きずあと》も生々しいプリシュティナの空港に、福祉局は月一回、C‐一三〇ハーキュリーズ輸送機で山ほどのVHSテープを送って来た。このデイヴィッド・フィンチャーの傑作もそんな一本だった。『セブン』はフィルムシティの食堂で上映された。アメリカ人兵士がNATOのクラスター爆弾でばらばらにされた前の週のことだった。

この映画で一番ショックだったのは、グロテスクな殺人シーンなどではなく、ケヴィン・スペイシー演じる残忍なシリアルキラーが、警察署に入っていってブラッド・ピットとモーガン・フリーマンに自首する瞬間だった。そのときすぐに、この監督にとっては、観客を怒らせることが無上の歓びなのだと悟った。この映画にハッピーエンドなどないのだ。

ブラッド・ピットに警告するモーガン・フリーマン。無意識に、自分も同じ警告の叫び声を上げていた。「その箱を開けるんじゃない！」周りの観客はその声を歓迎しなかった。

手遅れだった。

警告も虚《むな》しく、箱は開けられた。


凍りつき霜に包まれたものが、開いた掌《てのひら》を上げている。橇の上には、身体をジャックナイフのように畳んだ人間が横たわっていた。濃い眉。その下の目は閉じられている。がっしりした顎の上で、口が一文字に閉じられている。

ランポの凍った死体を目の当《ま》たりにして、頭の血がすべて下がった気がした。北極が足元で揺れた。重力が裏切った。上下が反対になる。腰を下ろすしかなかった。死因は一目瞭然だった。濃い眉の上にあいた穴。ランポは射殺されたのだ。Tシャツと長いズボン下という服装を見れば、どこで殺されたのかについても明らかだった。ベッドの中。就寝中だ。

「バカ、バカ、バカッ！」

〈**落ち着くんだ、アナ**〉ヤンの囁《ささや》きが心に入り込んだ。

「これが落ち着いていられる？　騙《だま》されたのよ！　バカな女の子みたいにずっと騙されてたの！」

〈**パニクったってしょうがない。あらゆる角度から考えてみるんだ**〉

自分がここに来るまでの出来事を一つひとつ考えてみる。ばらばらの糸が明確な模様を織り成し始める。偶然に満ちた白い風景にぎざぎざの亀裂が入る。だが、いくら自分が人間不信の塊でも、そんな結論には耐えられない。手掛かりをとことん追求すれば、論理的にそうなるにしても。あまりに禍々《まがまが》しい。こんな考えが正しいわけがない。凍りつき打ちひしがれた脳が、何かを見逃したにちがいない。

だが、どうしてランポが、橇に乗ったままパラシュートで氷上を引き回されるに至ったのか？　何度考えても答は同じだった。あれはアイス・ドラゴンから自分を引き離すための餌だったのだ。

アナはやがて腰を上げ、氷丘脈のそばに隠れ場所を求めて、しゃがんだ姿勢のまま吹雪に向かって歩き出した。リュックサックから衛星電話を取り出し、スウィッチを入れる。今回は、いきなり衛星と接続したことを示すランプが灯《とも》った。寒さも忘れて手袋を外し、ボリスの番号が表示されるまでスクロールダウンした。電話を耳に押し付ける。プラスティックの筐体《きようたい》が氷のように冷たかった。

ブルルルと音が鳴った。本当に繫がったのだ。

すぐにボリスが出た。

「やあ、アナ。いささか心配し始めてたところだよ」ロシア人気象学者は、相変わらずほろ酔い加減だった。馴染《なじ》みのある声を聞けば気が楽になるはずと思ったが、逆にひどく意気消沈した。

ボリスの言葉にアナは混乱した。

「今はいつもみたいにからかわないこと。お願いだから、アイス・ドラゴンに人を向かわせてるって言って」

「すまないがアナ、言ってることが分からないんだ。向かうって、誰のことだい？ぼくの知り合いで氷原にいるのは、きみたち二人だけだよ。中国人は見つけたのかい？」

「メッセージを受け取らなかったの？」

気象学者が真剣な口調になった。「きみが話してくれたことしか知らない——アイス・ドラゴン基地から遭難信号が出たのを見たっていう。なぜ出たんだ？　何があった？」

「ボリス、こっちは地獄絵図よ。死体の山。隊員がほとんどみんな死んだ。すぐこっちに人を送って」

「死んだ？　どうして……事故でもあったのか？」

「いいえ、殺されたの……全員。武装した兵士を送って」風の音に邪魔されてボリスが聞き逃すことのないように、アナは叫ぶように言った。

「犯人はまだ生きてる。それもアイス・ドラゴンにいるの……今も」

63

アメリカ沿岸警備隊はボリスより素早く電話を取った。

「はい、受けてます」強い南部訛《なま》りの男がザカリアッセンの緊急メッセージを受け取っていることを確認した。

「なぜまだロシアに知らせていないの？　ロシア基地の方が近いでしょう？」アナはなんとか電話に風が当たらないようにしようとしたが、相手の声がよく聞こえなかった。

「心配は要りません……若干遅延していますが、我々のチームが一時間以内にそちらに到着する予定です。天候状態はどうでしょう？」

改めて見るまでもなかった。電話にはすでに重い雪が厚く積もっている。「強風、視界十メートル以下」

「ザカリアッセン教授は今そこにおられますか？　お話しできればと思うのですが」

「いえ、ここにはいないわ。教授は、ここにいた人たちがほとんど死んだってことを伝えたのかしら？　中国基地の隊員が殺されたってことを？」相手の妙に落ち着いた口調が、アナをひどく苛立たせた。まるでこっちの話を聞いていなかったかのような調子だ。

「ええ、教授はあなたが容疑者を拘束したとおっしゃってました」なんのためらいも驚きもなく、その言葉が発せられた。アメリカ沿岸警備隊では、その手のことなど日常茶飯事だと言わんばかりだった。何か引っ掛かるものを感じる。

アナは電話を切る間際に、苛立ちのあまり怒鳴りつけた。「ま、そのチームとやら、すっ飛んで来ることね。さもないと、誰かが泣きを見ることになるわよ！」

アナはリュックの中から最後の食料を取り出すと、かじかんだ指でビニールの端を破り、中身のソーセージをスンジと分け合った。腐りかけたような味だったが、今の心理状態では、ミシュラン三つ星の食事との違いも分からなかったろう。雪を少しばかりすくって手から食べた。口の中で氷片が融ける。雪が自分の一部になり、自分が雪の一部になった。両者ともに地球の表面から拭い去られる危険に直面している。両者ともに、世界のメカニズムにおいて、好ましからざる摩擦と争いの種になっていた。

風に背を向けスンジを従えて、アナはアイス・ドラゴンに向かって歩きだした。氷壁まで来ると、しばらくのあいだ、そこで風を避けながら休息した。アナはどんなシナリオが待ち受けているのか想像してみた。自分が基地に到着した時点で、犯人は目《もく》論見《ろみ》が露見したことに気付くだろう。ランポを殺し、死体を載せた橇にパラシュートを繋いで氷上に送り出した。アナとザカリアッセンが基地に到着したときには、もう陽動作戦は開始されていた。疑いが外部の敵に向けられるよう、犯人は周到に準備していたのだ。血なまぐさいゲームの、一手一手すべてが計算済みだった。相手の出方もすべて予見していたのだ。十三人が殺されたという事実がなかったら、敵の天才を称賛しかねないところだった。

身体ががくがくと震え始めた。最初は、脚に震えが来たのかと思った。太ももをぎゅっと握ったが、震えはもっと下から来ている。震動しているのは氷だった。バキンという音。光が闇を引き裂いた。トリップフレアが作動したのだ。地鳴りのような低い音があたりを満たした。アナは弾かれたように腰を伸ばす。氷を渡って吹き付ける風が、身を切るように冷たかった。暗闇でトリップフレアが燃え尽きていく。火花が風に漂う。そのときまたバキンという音。かすかな光の中、黒いヘビがくねくねとこちらに向かって来る。

64

氷盤をアイス・ドラゴンの方に向かって走る亀裂に沿い、アナは脚力の限界を試すように全速で駆けた。

新しい亀裂はすでに幅一メートルに達していた。氷の裂ける音が嵐と自分の喘ぎに掻き消される。だが、氷盤の震動は足元に感じた。スンジは、まるで殺人者が近くにいることを理解しているかのように、静かに傍《かたわ》らを走っていた。前方の基地は、建物の窓から漏れる薄明かりがあるのみで、暗闇に包まれている。亀裂は氷に開いた黒い穴のところで終わっていた。燃料庫が燃えた際に、氷盤に残された穴だ。下の海はすでに表面が凍り始めていた。サブヴァバーの赤と緑のナビゲーションライトが夜の闇に現れたのを見て、アナは立ち止まった。信じられないことに、サブヴァバーはほとんど無傷に見えた。機体に駆け寄り、身体を引き上げる。

機体側面の半凍結した氷が、手の下をぐちゃりと滑り抜ける。ザカリアッセンがスプレーした泡がパルプ状に凍ったものだ。スンジは氷上に留まり、ラバー製の側壁《スカート》を嗅ぎ回ったあと、片脚を上げ風に向かって放尿した。

アナはコックピットを這い進み、西側に並ぶキャビンが見通せるところまで行った。マルコのピックアップが基地隊員棟の前に移動されていた。トラックの前の雪に黒っぽいものが横たわっている。だが、キャビンの窓から漏れ出る頼りない光だけでは、はっきりと見えない。アナはベッドににじり寄ると、ノースフェイスのバッグから双眼鏡を取り出した。光増幅器《イメージインテンシファイア》越しに、その正体が見えた。

人間だった。

光が弱すぎて、それが誰かは分からなかった。だが、誰であるにせよ、動いてはいない。

アナは双眼鏡をわずかに上げた。視野いっぱいにトラックの姿が入った。誰も乗っていないようだった。動かない人間にレンズを向ける。脚をこちら側に向けている。膝の上に巻いた二本の反射バンドが見えた。ザカリアッセンだ。片足が少し動いた。

ダニエルは生きている。

アナはハッチを這い出て機体を滑り降りた。氷の割れる音がヒューヒューと鳴る風音を裂いた。振り返ると、基地の正面周辺に新しい亀裂が口を開けている。裂け目が節くれだった指のように氷上を走っていく。中国基地が建っている氷盤が目の前で割れていく。スンジがアナの顔に鼻面を押し付け、小さくクンクンと鳴いた。この犬もまた、氷の生命が絶たれようとしているのを感じているのだ。

アナは後ろを向き、サブヴァバーのデッキ越しに先を見やった。吹雪に遮られて、ガレージは見えない。見える範囲にはジャッキーもマルコもいない。腕時計を見る。アメリカ・チームは十分前に着いているはずだった。暗い空を見上げる。突風が顔にぶち当たった。目に見えぬクジラがそばを通過して行ったような衝撃があった。雪が、献身的なコバンザメのように、そのあとに従う。空には何の光もなく、ヘリコプターの音もなかった。

風圧でサブヴァバーの機体が揺れた。氷の崩壊による低音の響きが近付いて来る。しかし、ザカリアッセンを救おうとするなら、足元の氷盤が砕け散るなどという考えに囚《とら》われていてはならない。氷が頑張るかぎり、自分も頑張るしかないのだ。

アナは衛星電話を手に取ると、もう一度、ボリスの番号にかけた。雑音ばかりが耳に届く。またしても接続が失われていた。闇の中で彗星が生まれた。トリップフレアが吹雪をついて、またヒューと上がったのだ。アナはその光を見ないようにした。暗闇に慣れた視力を、今失う危険は冒せない。

ヤンの囁き声があらゆる音に優った。**〈頑張るんだ、アナ。きみは賢い。きみならできる〉**

一番賢い方法は、このまま動かずにいることだろう。サブヴァバーに隠れれば、敷地全体を見渡すこともできる。身を守るには最適の場所となるだろう。たとえ氷盤全体が崩壊しても、ホバークラフトなら水面に浮いていられる。理屈だけで言えば、今いる場所にとどまって救助を待つ——それしかない。

〈さあ、やるんだ。やろうと思えば、きみにはなんだってできる〉

「ヤン、あんた、ほんとにうるさい。自分でも分かってるだろうけど」

アナは風の中に足を踏み出し、広く開けた庭に駆け込んだ。亀裂を跳び越え本館の角に達すると、そこからあたりを凝視した。その角度からだと、ピックアップ・トラックがザカリアッセンの姿を遮っている。

「ダニエル?」アナの声が風に打ち勝った。

風がザカリアッセンの返事を運んで来るまで、数秒を要した。嵐の向こうからか細く弱々しい声が届く。「アナか、お願いだ……助けてくれ」

後ろでハスキーが吠えている。スンジにも自分を撃った男だと分かったようだった。

アナはハンティングナイフを、手袋越しでも柄の模様が分かるほど強く握り締めた。あたりを見回した。サブヴァバーの方に続く黒いギザギザの筋を目で追ったあと、吹雪越しにキャビンの窓を次々と見てゆく。無人、無人、無人。

「ほかの連中は?」アナは大声で言った。

「あの男なら……ガレージだ」

あの男。

怪物。

殺人鬼。

「お願いだ、アナ——助けてくれ」

アナはガレージの方に目をやった。吹き過ぎる激しい雪に阻まれて、ガレージはぼうっとした灰色の影のようにしか見えない。片方の扉は相変わらず開いていたが、犯人が隠れているかどうかまで知ることは不可能だった。双眼鏡を当てると灰色の影がいくらか鮮明に見えた。閉じられたほうの扉の後ろに、ポンプ付きの燃料用ドラム缶とトラクターの一部が見える。閉じた扉に黒いシミが現れ、それが血のようにどくどくと流れ出て、ガレージ全体を覆った。オレンジ色の服を着た男が正面に立っている。

頭がない。

いや、そうではなく、頭は黒いフードの中に隠れているのだった。焼け焦げた壁が背後にあるせいで、フードがほとんど見えないのだ。

そのとき男がフードを脱いだ。ヤンが微笑みかけてきた。

〈きみならできるさ、アナ〉

アナは冷たい双眼鏡を目から引き剥がした。ガレージがただのガレージに戻った。

アナは本館からザカリアッセンの元に走った。

目の前で突然キャビンが躍った。深い雪に足を取られたのだ。なんとかバランスを保って、トラックにしがみつく。ザカリアッセンは両腕を横に広げたまま、仰向けに倒れていた。動かない。ピックアップの屋根には雪が舞い降り、開いた窓から運転席に氷の結晶が吹き込んでいる。車内には誰もいなかった。

アナは、ザカリアッセンの元に歩み寄った。そのあいだも、トラックの反対側に並ぶキャビンから目を離さなかった。一棟はわずかに傾いでいる——土台の氷が崩れたのだ。片足が一本の腕にぶつかった。アナは見下ろした。ザカリアッセンの顔がフードの奥深く埋まっている。薄暗闇で瞬《まばた》きする目が見えた。

「ダニエル、何があったの？　怪《け》我《が》してない？」

「いや、だが……すまない。今回はわたしのせいで」

時間が凍りついた。サバイバルスーツには暴力を受けた痕跡がない。弾痕もないしナイフで切りつけられた痕もない。スンジは吠えるのをやめた。気味の悪い静寂がやって来た。

何か硬いものが後頭部をつついた。

65

同時に発せられた声も、同じように硬かった。聞き憶えがあるようでもあり、耳慣れぬようでもある声だった。

「ナイフを捨てろ！」

ザカリアッセンの顔が歪《ゆが》んだまま硬直していた。

「い……言われたとおりにするんだ」ザカリアッセンが言った。

「どうしたの、ダニエル？」

「お願いだ、ナイフを捨ててくれ。さもないと殺される」

硬い物体が頭を押した。ザカリアッセンを囮《おとり》にして、殺人犯はトラックの床に身を伏せていたのだ。今は開いた窓の内側から身を乗り出して、ライフルかピストルを構え、銃口をこっちの頭に押し付けている。

アナは諦めた。雪がこともなげにナイフを受け容れた。

「拾え」声が命令した。

ザカリアッセンがしゃがみ込み、膝をついたまま身を乗り出して、ナイフで出来た凹《へこ》みの方に這い寄り、雪から掘り出すようにしてナイフを拾い上げた。両手で雪を掻き分けたせいで、凹みが目のように見えた。氷の黒い目がアナを見つめている。

〈詰《チェックメイト》みだな〉

ザカリアッセンが膝を伸ばし、両手でナイフを持ちながら立ち上がった。

アナはザカリアッセンの視線を捉えようとした。「いったいどういうこと、ダニエル？　分かってるの、人殺しに手を貸してるのよ、あなた？」

「いや、それは違う。ここの連中を殺したのはこの男じゃない」

「信じちゃダメ、ダニエル。ランポを見つけたわ。死んでた……撃たれたあと、橇に乗せられて……わたしたちを……いえ、わたしを……おびき寄せるためにね」

ジグソーパズルの最後のピースが嵌《は》まった。

アナは記憶から一つのイメージを引き出した――それは、南京錠《なんきんじょう》を掛けられた木箱、赤と黄色のラベルが付いている木箱が作業棟にあったことだった。アナはそれに加えて、この凍った世界に来て最初の一週に起こったことを思い出した。黒い空に向かって撃ち上がった氷の噴水のことだ。氷が爆発したのを見て、ザカリアッセンは子どものように笑った。爆発の衝撃波が海底で反射されたときに、測定器がその波を追跡する仕掛けがあって、それは海床の地図を詳細に描くには、費用対効果に優れた方法だった。ザカリアッセンはこの出来事を見て、探検が幸先《さいさき》のよいスタートを切った、と言ったのだ。

「燃料庫を爆破したのはあなたね、ダニエル」

ザカリアッセンは、まるで酸素が足りないかのように口をぽかんと開けたまま、ただ同じ場所に立っていた。

「きみは分かってない……事情があるんだ、アナ。もっとずっと重要なことがある」

「あんなにたくさんの人が殺された。それより重要なことっていったい何？　自分の言ったことが分かってるの？　正気の言葉とは思えない」

ザカリアッセンは頑《かたく》なに首を振った。「いや……違うんだ。正気とか狂気とかいう問題じゃない。これは政治的な問題なんだ」

「政治的？　勘弁してよ、ダニエル、そうやっておカネを手に入れたってこと？　足りなかった分、大金だったわよね？　中国をスパイして、カネを貰《もら》ってたんだ」

ザカリアッセンはナイフを手にしたままアナの周りをぐるりと回った。ナイフを手にしてはいるが、身体からは離している。まるで感染症を怖れているかのようだった。

「全然違うんだ。そんなんじゃないんだ。中国の動静を監視するように依頼された、それだけなんだ。神に誓って本当のことだ。このこと……基地で起こったことなんて、予想もしていなかった……わたしのまったく知らないことだったんだ」

凍りついたヒンジが軋む音が聞こえた。背後でトラックのドアが開いた。ドアが背中をしたたかに打ち付けたせいで、アナは無理やり前に一歩二歩進む恰好になった。

アナは振り返った。

犯人を見た。前とは違う人間に見えた。

顔が蒼白く鼻が細くて、唇が厚く妙にぽっちゃりしているところも、前髪がしつこく目に掛かっている点も相変わらずだった。だが、今、長い睫毛の奥にある目はアナを睨み返し、落ち着きなく揺れる瞳《ひとみ》が、狂気じみた不気味な力を感じさせた。仮面をかなぐり捨てている。リボルバーを摑んだ手の血管が膨れ、サナダムシが巻きついたように浮き上がっている。引鉄に掛かった指に黒っぽい血のシミがあるのが見えた。

リボルバーの照星《サイト》越しに、ジャッキーと目が合った。

66

　ジャッキーは両手でリボルバーを構えながら、運転台のドア口に腰を掛けた。身体をやや一方に傾け、怪我をしたほうの肩をだらりと下げている。

「縛っとけ」ジャッキーがザカリアッセンに言った。

「ロープがない」ザカリアッセンが応えた。

　ジャッキーは苛立ったように顔を紅潮させた。こめかみの血管が浮き上がった。血に汚れた指で、引鉄を弄《もてあそ》んでいる。

「別に縛ることないわよ」

　黒い目がたじろぐこともなくアナをじっと見つめた。「じゃ、どうしたらいいんだ？」

「なんにも……リボルバーを下ろしても、何も起こらない。今まで起きたことより悪いことはね」

「みんなチァンのせいだ」

アナはチャンが何者だったかを必死に思い出そうとした。

「あの男から攻撃してきたんだ。正当防衛さ……事故だったんだ」ジャッキーがもごもごと呟《つぶや》いた。自分に言い聞かせているような口調だった。

「分かるわ。みんな分かってくれる。事故って起こるものだし」アナはジャッキーを宥めながら、ザカリアッセンの位置を目の隅で確認した。ザカリアッセンはぎりぎり、ジャッキーの手が届かないところに立っている。

「一つ教えて、ジャッキー。ここの基地で探していたものって、本当はなんなの？」

「スカンジウム、イットリウム、セリウム。プラセオジム、ネオジム、サマリウム、ユウロピウム、ガドリニウム、テルビウム、ジスプロシウム、ホルミウム、エルビウム、ツリウム、イッテルビウム、ルテチウム、プロメチウム」ジャッキーは言ったあと、さらに同じ言葉を、速くリズミカルに繰り返した。まるで詩を暗誦《あんしょう》するような調子だった。「今言ったものを探してた」

アナは両腕をゆっくりと胸の方に持っていった。「なんだか分からないわね。どういうものなの？」

「元素十七個分の名前、レアアースだよ。ここには数十億ドル分の埋蔵量がある」

アナの片手が、胸に下げたＧＰＳ受信機のストラップに滑り降りた。

「じゃ、あんたがここにいる本当の目的は？」ジャッキーが訊《たず》ねた。「ノルウェーのスパイかい？」

「いいえ」

「でも、軍人だろ？」

「軍人だった。過去形」

「ずいぶんひどい扱いをしてくれたじゃないか」

「そうしたくてしたわけじゃないの、ジャッキー」

ジャッキーは手のリボルバーを振ると、片目を閉じてアナに狙いをつけた。

「ぼくはなんにも間違ったことはしてない……全部チァンが悪いんだ」

アナもやっとチァンが何者かを思い出した。コンピュータ棟の男、オレンジ色のジャケットを着た男だ。自分の考えに間違いはなかった。すべてはあそこで始まったのだ。

「チァンはあなたに何をしたの？」

ジャッキーが見つめ返してきた。だが、アナの言っていることを聞いているかどうかは怪しかった。「あんたはひどい。ここに来るなりぼくを捕まえて。怪我してたっていうのに、薄汚い犯罪者みたいにベッドに縛り付けた」

アナはGPSのキャリングケースについたストラップのクリップを握り締めた。

「それについては、本当にすまないと思ってるわ、ジャッキー、でもわたしの置かれてた立場も理解してほしいの。困難な状況でできるかぎりのことをしようとした。あなたたちのためを思ってしたことよ」

「さてあんたをどうするか……悩ましいところだな」

「別にどうする必要もないわ」

「スカンジウム、イットリウム、セリウム。プラセオジム、ネオジム、サマリウム、ユウロピウム、ガドリニウム、テルビウム、ジスプロシウム、ホルミウム、エルビウム、ツリウム、イッテルビウム、ルテチウム、プロメチウム」今回はゆっくりと暗誦した。音節ごとに銃口が上下する。

アナはノルウェー語に切り替えた。

「このイカれた男の手伝いをするように言われたんでしょ？　そのときアメリカ人たちはあなたになんと言ったの、ダニエル？」

ザカリアッセンは、目に見えない鎖に引かれたように、首をぐいとアナに向けた。

「連中が言うには……ここには世界を破滅させかねないものがあるそうだ。それを発見したジャッキーは、どんな犠牲を払っても守りぬかなくてはならないと。その言葉を疑う理由はなかった」

「お喋《しゃべ》りはやめろ！」ジャッキーが怒鳴った。こめかみの静脈がさらに膨れた。

リボルバーの銃口が弧を描いてザカリアッセンに向けられた。アナはストラップからクリップを外し強く握り締めると、ＧＰＳ受信機をキャリングケースもろとも、ジャッキーの頭部目がけてハンマーのように振り抜いた。

67

ＧＰＳのキャリングケースはジャッキーの肩に命中した。リボルバーが跳ね上がる。ジャッキーが引鉄をひいた。ザカリアッセンが悲鳴を上げ、後ろによろめく。アナはすでに回避態勢を取っていた。

暗闇に、一歩一歩方向を変えながら、走り込む。

右。

左。

走れ、走れ！

背後で銃声が轟《とどろ》いた。脚のすぐそばで、氷が煙を上げ、風に散った。さらなる銃声。弾がどこに当たったかは分からなかった。分かっているのは、自分の脚のほうが二倍も長いこと、そしてジャッキーが、おそらくは自作自演の結果、傷を負っていることだった。一メートル引き離すごとに、それだけ銃は殺傷能力を失う。そしてそれだけ暗闇が自分を守ってくれる。どこに向かおうとしているのか、自分でも分からない。

ただ走るだけだった。

　氷原に向かって。

　からっぽの世界に向かって。

　暗闇から最後のキャビンが現れた。

　氷の上に膨らみがある。目の前に暗い裂け目が現れた。跳び越える。ちょうどそのとき背後に、マシンガンの連射音が聞こえた。

　アナは雪に身を投じて転がった。

　銃弾が風を切り頭上を通過した。

　アナは再び立ち上がるとキャビンに向かって走りつづけ、ドアを開けると中に飛び込んだ。古いグリースの匂いがした。マルコが今も作業テーブルに結束バンドで繋がれていた。怯えた表情でアナを見つめている。

　アナはさっと身体を回し、入口のすぐ横にある武器キャビネットを抱え、ぐいと引きずって一旦《いったん》ドアと平行に立たせたあと、両手でてっぺんをどんと押してひっくり返した。キャビネットが倒れ始めるのと同時に、外で銃声がした。次の銃声はキャビネットがドアの前の床にバタンと落ちる音に掻き消された。

「頭を下げて！」アナは怒鳴った。マルコはテーブルの脚に片手を縛られたままの恰好で、作業テーブルの下にうずくまった。

アナはマルコの方に顔を向け、スティール製キャビネットの陰に身を伏せた。足音が聞こえる。外からこっちに向かって来る。作業テーブルの影でマルコの顔がよく見えない。胴体しかないように見える。

〈諦めるな、アナ〉

両目をぎゅっと閉じ、頭をキャビネットに押し付ける。

バン！

キャビネットが揺れた。銃弾がドアを貫通しキャビネットの背面に当たったのだ。

バン！

破片が飛び散った。マルコの上にあるツールウォールからスクリュードライバーが一本転がり落ちた。マルコの頭が現れた。結束バンドからなんとか逃れようと、身体をくねらせながら、よろよろと立ち上がった。

バン！

顔の真ん前で金属が凹んだ。外の雪から音が聞こえる。ジャッキーがドアを開けようとしている。

バン！

銃弾がキャビネットを越えていった。〈プレイメイト〉のチャイナ・リーが胸に銃弾を受けた。ポスターに穴があき、紫色のウサギ耳が震えた。アナは体勢を低くし、できるだけ身体を小さく丸めた。その場に留まったまま、秒読みをする。永遠のような長い時間が過ぎたあと、遠くからだんだんと近付いて来る音が聞こえた。エンジンの唸りだ。

アナはさらに身体を丸めた。

ドカン。キャビンが振動とともに押しやられ、丸ごと氷の上を滑った。ツールウォールに吊《つ》るした工具が金属の雨あられと降った。マルコは、ハンマーが頭にぶつかって、悲鳴を上げた。金属が軋む音が聞こえた。アナは頭をひねり見上げた。

武器キャビネットが倒れ掛かって来る。見えたのはそこまでだった。

意識が吹っ飛んだ。

68

不思議と言えば不思議だが、ひとたび答が分かると、すべてが当たり前のことのように思えるものだ。

考えてみれば、ザカリアッセンの態度は奇妙なことばかりだった。中国基地の救助にひどく固執したこともそうだし、大胆かと思えば急に臆病《おくびょう》になったりと、気持の変化が激しかった。父によれば、ザカリアッセンは探検費用の不足分を調達しようと悪戦苦闘していたらしい。北極調査をしたい人間は山ほどいる。スポンサーを説得してカネを引っ張るには、熾烈《しれつ》な競争を勝ち抜く必要がある。それなのに、まるで魔法のように、そのカネが出現したのだ。

こうした考えが瞭然と脳裡《のうり》をよぎった。とはいえ、今現在アナは、ホッキョクグマに頭を噛まれているんじゃないかと思えるようなピンチにあった。動こうとしたが、とてつもなく重い武器キャビネットが身体を床に押し付けていた。

「マルコ、助けてくれない？」声が震えていた。身体をひねってマルコを見ようとしたが、キャビネットのせいで身動きが取れない。

「おれだって動けないんだ」マルコが怒鳴り返してきた。

〈そりゃそうでしょ。自業自得じゃない、アナ〉アナはそう考えて、呼吸を整えることに集中した。両脚をひねり、爪先《つまさき》をもぞもぞと動かす。背骨は折れていなかった。少なくとも、それはいいことだ。外からは風の咆哮しか聞こえない。それに、ピューという小さな音がどこからか聞こえる。ジャッキーはなぜ諦めたのだろう？

腹の下に冷たいものが忍び込んできた。水だ。

アナはようやく、ピューという音の正体を悟った。作業棟のどこかで、海水が噴き出しているのだ。

壁の向こうからも、別の音が入り込んでくる。低い振動音だ。キャビンが揺れ、やがて、横に倒れ始めた。キャビネットが動いた。棚板が背骨に食い込む。海水の侵入で動いたキャビネットが、引力でずるりと下がっていく。アナは手探りし壁にある突起を指で摑んだ。キャビネットが身体の上を滑っていく。

金属がプラスティックをこする音が聞こえた。

背骨にかかっていた力が消えた。

マルコが悲鳴を上げた。

アナは傾いた床に膝をついた。見ると、マルコが武器キャビネットの裏で身動きが取れなくなっている。キャビネットが床の低くなった側に滑り落ちて行ったのだ。床の割れ目から流れ込んだ海水はすでに相当の水位に達し、倒れたキャビネットの側面が波を被っている。

アナは摑んでいた突起を放し水に浸《つ》かって、マルコの方に身を滑らした。今や頼りはプラスティックの床だけだった。これに乗っていないかぎり水没してしまうのだ。

「こいつのせいで動けないんだ」マルコは作業テーブルにくくりつけた結束バンドを狂ったように引っ張っていた。アナはキャビネットの角を回り込むと、その端を摑んで押した。少し動いた。だが、手を放すとすぐにまたマルコの方に滑って行ってしまう。

作業棟がさらに傾き、海水が勢いよく流れ込んできた。

棚板が一列外れてキャビネットの端にガチャンと落ちた拍子に、キャビネットがくるりと回ってマルコから離れ、アナの方に向かって来た。今度はアナの身動きが取れなくなった。なんとか逃れようともがいても、キャビネットは全然動かない。こんな死に方ってある？　薄汚いプラスティックの小屋で溺れ死ぬなんて？　あたりを見回す。工具はすべて水没していた。ナイフかノコギリが要るのだ。水位に比例してパニック度が増していく。

アナは目を閉じ、自制心が戻るまで、とっておきのマントラを繰り返し唱えた。

〈実際に存在するものを見るんだ、アナ〉記憶が、初めて作業棟に入ったときまで巻き戻された。黄色い箱があった。それにスクリュードライバー、モンキーレンチ、斧《おの》、釘打ち機《ネイルガン》、アイスドリル。そういうものが壁に掛かっていた。エンジンパーツ、それにホースもあった。ネットに収められたパラシュート。スペアの窓がふたつ。スンジ用の橇。スペアタイヤ一つ。武器キャビネットはこじ開けられていた。記憶はキャビネットの前にあったものまで早送りされた。金鋸《ハックソー》で切られた南京錠。

「ハックソーがあるわ！」

マルコが目を見開いてアナを見た。「どこに？」

「わたしのポケットの中。これで結束バンドを切ればいい」

マルコが身を乗り出し腕を下に向けて伸ばし、キャビネットとアナの身体のあいだに出来たわずかな隙間を探った。マルコはアナの腰ポケットを探り当てると、手をこじ入れた。屋根から火花が降って来た。明かりが消えた。暗闇でマルコが唸った。マルコの指が太ももあたりを探っているのを感じた。

「あった」

マルコが硬い物体を取り出した。マルコのサバイバルスーツのこすれる音が聞こえたあと、金属とプラスティックが当たる音が聞こえた。マルコがハックソーを挽《ひ》き始めた。

外ではスンジが死に物狂いで吠えながら作業棟のドアに体当たりしていた。氷の割れるバリバリという耳をつんざくような音が暗闇を呑み込んだ。キャビンが倒れ始めた。キャビネットがさらに強く腹に食い込んでくる。海水が背筋を這い上り、サバイバルスーツに流れ込んだ。顔まで水に浸かる。

「何よこれ！　冗談じゃない！」

運命を呪ういとまもなく海水が頭の上に襲いかかってくる。漆黒の闇が目を塞《ふさ》ぎ、鼻腔《びこう》に海水を注ぎ込む。氷が挨拶《あいさつ》してくる。

〈お待ちしておりました〉

腹部に掛かっていた圧力が急に消えた。両手を摑んだ指がアナを引き寄せ、海から引き揚げた。温かい息が顔にかかった。マルコがアナをキャビンの端まで引っ張っていき、身体をドアに密着させた。

「無理だ……水圧でドアを引けない」マルコがうめいた。

アナはマルコの身体に覆い被さるようにして、力を合わせドアを引いた。しかし、ドアはびくともしない。アナはマルコの目を見つめながら、最後の力を振り絞った。

「いい、行くわよ！」二人してもう一度ドアを引く。ドアが撓《たわ》んだ。

氷片がアナの顔に襲いかかった。北極海がキャビンに押し寄せる。水流がアナの身体をひねり上げようとする。サバイバルスーツの内側で、凍るように冷たい海の指が摑みかかる。アナは流れに逆らおうともがいた。開いたドアの向こうで、一棟のキャビンから漏れた光が氷に反射している。海があっという間に天井に駆け上った。キャビンが沈んだ。氷が割れ、海がぎざぎざの口を開け、嘲《あざけ》るような笑いを浮かべながら喉を鳴らした。

〈おお、やっと来たか〉

69

アナは沈んでいった。

海水がサバイバルスーツを満たし、剃刀《かみそり》のような冷たさが肌を刺す。水圧で鼓膜が痛い。体内の圧力とのバランスを取ろうと、アナは反射的に鼻を摘《つま》み耳抜きをした。

両足が何か硬いものに当たった。アナは一旦身体を屈伸させて、それを押しやった。水を蹴ったせいで身体がドアの方に進んだ。直後、肘《ひじ》に鋭い痛みが走った。マルコがアナを引き揚げようとしていた。口から最後の空気が出た。肺が痙攣《けいれん》した。水中を気泡が細く昇っていくのが見えた。視野が霞《かす》んだ。寒さに凍《こご》えた腕は動かなかった。

〈なんでそんなに怖がるんだ?〉

そう。なんでだろう? いままでずっと、この道を目指して来たのに。墓灯篭《グレイブ・ランタン》が見えた。何キロも離れたところにあるはずのランタン。炎が雪に覆われるまで、氷の上に灯っていたことだろう。その上に雪が積もって小山を作る。それを風が吹き散らし、小山は削り取られまた姿を消す。それが何度も続くのだ——ランタンが氷に呑み込まれるまで。が、ヤンの記憶はランタンの中に留まりつづけるだろう。海流は氷盤を北極に押しやっては、また押し流す。流された氷盤はやがて外海に達する。温かい海流は氷の要塞《ようさい》に亀裂を見つけて侵入し、氷盤をもっと小さな氷塊に分割する。やがてランタンは、自分を呑み込んだ氷の内臓を食い尽くして、外洋に漂い出るだろう。いくつもの季節を生き延びてきた古い氷でさえ、いつかは融け去る。ランタンを閉じ込めていた力が緩むのだ。そしてランタンは、大海の深みへと沈んでいくだろう。

「先に行って待ってるわ、ヤン」

両腕をだらりと下げ、口を開けて海水を味わう。一口ごくんと飲んだだけで、塩水が肺を満たすだろう。これでヤンと一緒に居られる。だがそのとき、ヤンとは別の人間の腕が、アナの身体を抱え込んだ。アナは浮上し始めた。水中をぐいぐいと昇っていく。アナの頭が水面を破った。

目一杯空気を吸い込み、腕で水面を叩く。叫ぼうとした。しかし、口が言うことを聞かない。マルコはすでに氷に上がっていたが、ずぶ濡れのサバイバルスーツの重みで、アナはまた水に引き込まれそうになった。

マルコがアナのフードをぐいと摑んだ。アナはなんとか身体を持ち上げようとしたが、腕に全然力が入らない。目の前にまた別の顔が現れた。スンジがフードの端に嚙みつき、マルコと協力してアナを水から引き揚げた。

海が不承不承、獲物を手放した。

氷の際にうつ伏せになり、アナはなんとか呼吸しようとした。だが、冷気のせいで咳が止まらない。雪が顔にへばりついていた。歯が、中身を抜いたピアノのように、カタカタ鳴る。目も霞んでいた。

一本の腕がアナの身体の上に下りた。胸の上にある何かをマルコが逆手で摑んでいる。そのことをアナはおぼろげに感じた。凍て付くような寒さが去って行った。雪が素肌をこする感触があった。マルコの手で、ずぶ濡れのサバイバルスーツから引っ張り出され、氷の上を引きずられているのだ。

マルコがアナを横たえた。雪片が、濡れた下着を着た身体に舞い散る。スンジが吠え声を上げながらアナの顔を舐めた。犬のざらざらした舌が、一瞬の温もりをもたらすが、すぐに冷気がまた肌を刺してくる。やむことのない寒気に筋肉が痙攣した。引き攣《つ》りが和らいでも、アナは動ける状態にはならなかった。氷が、内外《うちそと》を問わず上から下まで、身体の中に這い入ってきていた。

〈今度こそ、こっちの勝ちだな〉

マルコが手に何かを持って戻って来たことに、アナはほとんど気付かなかった。マルコはアナの元を通り過ぎた。アナは頭を回し、その姿を追おうとしたが、筋肉が言うことを聞かない。刺激臭が広がったが、感覚が混乱しているアナは、それがなんであるか分からなかった。直後に爆発音があった。温かい風が勢いよく頭の上を吹き抜けた。

マルコが何やら叫んだが、凍りついた聴覚はその言葉を捉えることができなかった。マルコに身体を掴まれ持ち上げられて、氷の上で向きを変えさせられるのを感じた。暗闇に光が見えた。キャビンの一つで、窓から炎が噴き出している。

熱気が顔を打ち、凍りついた身体と魂を融かした。素晴らしい。眠気が襲ってくる。

「アナ……聞こえるか？　おれを見るんだ」マルコが真ん前にいた。両手でこちらの顔を支えている。「濡れた服を脱ぐんだ。さもないと凍え死んじまう！」

言われたとおりにしようとするが無理だった。マルコがアナの身体を支えながら、アンダーシャツを脱がせた。アナにできることは、ズボン下を脱がしてもらうときに、両脚を上げることだけだった。

アナは裸でうずくまったまま、燃えるキャビンの前でじっとしていた。スンジが身体を押し付けてくれている。マルコが自分のキャビンに駆けて行き、下着とズボン、それにジャケットを持って戻って来た。火の温もりが全身にめぐっていく。マルコが服を着せてくれた。まるで子どもになった気分だった。炎の舌がキャビンの外壁を舐め、窓が眩《まばゆ》い光を放っている。それはまるで、ハロウィーンのカボチャが巨大化したもののように見えた。炎が基地を照らしていた。マルコのピックアップがなくなっている。ザカリアッセンも姿を消していた。

キャビンが、黒と白の煙に巻かれながら、蛇腹《じゃばら》のように焼け落ちた。

最後の炎が消え、キャビンが氷にあいた黒い穴と化したとき、アナはなんとか自力で立ち上がった。頭がずきずきした。手首を一周する深い傷には、赤いかさぶたが出来ていたが、身体のほうは、ここ何年もないほどに、温もりが宿っていた。

「あり……ありがとう、マルコ」

中国人青年は歪んだ笑みを浮かべ、肩をすくめた。小柄な身体が氷の上にそびえ立っているように思えた。

「前におれの命を救ってくれたからな。これでおあいこってことか」マルコが言った。

アナも何か言おうとしたのだが、咳き込んでしまった。有刺鉄線が気管を通過している感じだ。やっとのことで言葉を絞り出す。「どうやって火災を起こしたの?」

「ホバークラフトのおかげさ。あそこに予備のディーゼルタンクがあった」

アナは振り返った。風がやんでいた。ようやく嵐が収まりかけていた。サブヴァバーの周りで、雪が舞っている。機体ぎりぎりのところを幅広の亀裂が走り、作業棟が建っていた場所に出来た穴まで続いていた。橇とプラスティックのパイプが何本か、海面にぷかぷか浮いている。そして隣のキャビンが穴に向かって傾いていた。亀裂からは小さめの割れ目が延び、それらが本館の方に向かっている。氷盤の分離する低い音がいまだに聞こえるが、今はずっと遠くからのものになっていた。

マルコもあたりを見回していた。

「こ……これからどうするんだ?」マルコが訊いた。

アナは頭を回してアイス・ドラゴンの先に広がる暗闇を見た。ジャッキーはトラックを奪い、やって来る予定のヘリと落ち合うために、ランデブーポイントへ向かったのだ。しかしザカリアッセンが自分を置いていくことは絶対にないだろう。ジャッキーが無理やり連れて行ったにちがいない。

アイス・ドラゴンにいるかぎり、マルコと自分は安全だ。氷の割れが基地全体を呑み込むほどひどくなっても、ホバークラフトなら浮いていられる。ボリスには連絡がついている。天候が回復し次第、ロシアのヘリが到着するはずだ。風を避け、乾いた服を着てさえいれば、救助の到着までなんとか持ちこたえられる。アナは冷気を腹の底まで吸い込み、ブーツの中で爪先に力を入れた。心地よい温もりを感じる。アナはマルコにまた顔を向けた。

「これからどうするかって言うと……ジャッキーを見つけるの」

70

ジャッキーとザカリアッセンを見つけるのに、GPSは要らなかった。タイヤ痕がいまだにはっきりと雪上に残されていたからだ。

マルコが寝袋を二枚と、シャベルを何本か、ヌードル数パック、それに電子レンジで温めたココアが入ったサーモスを三本、調達してきた。アナはそれにトリップフレアを数本追加した。一キロ半では、たいした移動距離にも思えないが、北極では天候が急変することがある。救助隊からたった五十メートルのところで凍死することだってあるのだ。

マルコが荷造りをしているあいだに、アナはタワーの下にある部屋に行った。海底鉱山に接続されたケーブルを外しラップトップの電源を落としてから、部屋を見回した。一つだけ確かなことがあった。すべてはこの部屋に関係しているのだ。凍った人間たちがいる隣室が、一番重要な部屋なのではない。科学者たちは、当直以外のものを含めて、夜遅くに隣の部屋に集まり、コンピュータを囲んで何か重要なものを見つめていた。

だが、問題はこの部屋のほうだ。

氷にあけた穴の下にあるのだ。

それは海底火山や鉱山よりも重要なものだ。

アナはラップトップに目をやった。天井のランプがプラスティック製の耐震カバーに反射している。どんな問題なのだ？　自分は何をしたらいいのか？


再び外に出ると、風はすっかり穏やかになっていたが、雪はかえってひどくなっていた。マルコがはやるスンジを抑えながら待っていた。スンジが橇を引きたくてうずうずしていた。アナたちはスンジを先頭に氷原に出た。

アイス・ドラゴンをあとにするとき、アナはタワーに掲げられたドラゴンの絵に最後の一瞥《いちべつ》をくれた。蒼白く生気を欠いた怪物が睨むような目をして自分を見送っている。荒涼とした光景だった。

「あの絵はジャッキーが描いたんだ」マルコが言った。「口癖のように言っていたよ、自分はドラゴン・マンだって」

「ドラゴン・マン……何それ？」

「あいつ流の冗談だと思ったよ。この調査が終わったら、ドラゴンのタトゥーを入れるんだとも言ってた。親父の思い出のためだそうだ。なんでかはいまだに分からないが」

ブーツが氷雪を踏み潰す。アナは背負った弓の弦《つる》の下に手を差し入れ、少しだけ引いた。弓が矢筒に当たって虚《うつ》ろな音を立てた。

「ここに来る前、ジャッキーが何をしていたか知らない？」

「前にも言っただろ？　あいつは内モンゴルの出身で包頭《パオトウ》の工場で働いてた……鉱山さ。仕事も街も、あいつは大嫌いだった」マルコがくっくと短い笑い声を立てた。

「なんでかは分かるよ。包頭はこの世の地獄だからな」

「驚いた。モンゴルと言えば、ラクダと美しい山脈のイメージなんだけど」

「そういう場所もあるかもな……おれ自身は行ったことがないけど、包頭の写真なら見たことがある。あそこの工場じゃ、地面を掘って、その中に危ない化学薬品を何トンも噴霧するんだ——稀少《きしょう》鉱物を採取するためにね。そのあと工場は化学物質を市中央にある湖に垂れ流すんだ。動物はまったく棲《す》みつかなくなったし、植物だって、半径何キロにもわたって枯れてる」

「ひどい話ね。そんな場所なのに、なんでわざわざ暮らそうって人がいるわけ？」

「カネさ。包頭で成長するのは経済だけだよ」

「なるほどね……ジャッキーが言っていたこと、本当だと思う？……ここにある鉱物資源には莫大《ばくだい》な価値があるって話?」

「かもねえ……だけどおれにはよく分からないんだ」マルコは肩をすくめた。「前にも言ったけど、科学者のやってることについちゃ、ほとんど教えてもらっていないんだ。連中の言うとおりに、組立てとか分解をしてただけだから」

マルコがいきなり言葉を切った。

「アイス・ドラゴンでの仕事に応募したのは、何かわくわくするようなことをしたかったからなんだ。バカだったよ。そうでなきゃ今頃は、上海の整備工場で友だちとバカ話をしたり、うまい麵でも食べていられたのに。彼女と映画にも行けたろうしさ」

マルコは両手で頭を抱え、めそめそと泣きながら震え声で続けた。

「ほんとにひどい話だ……フーの嫁さんになんと言ったらいいんだ。二ヶ月後には男の子が生まれる予定だってのに。気の毒だよなあ、その子は、もう親父に会えないんだぜ」マルコが声を上げて泣き始めた。アナは腕を伸ばしマルコの肩に手を置いた。何か気の利いたことでも言おうとしたが、それもできなかった。

スンジはクンクンと鼻を鳴らしながら橇を引っ張った。マルコは頭を上げ中国語で二言三言、鋭い声で叫んだ。ハスキー犬が黙り込んだ。

マルコは心を落ち着かせようとしばらく佇《たたず》んでいたが、やがて手綱《たづな》を強く引いた。

スンジが踏ん張り橇を前進させる。氷が、橇のせいで電気を帯びたように、パチパチと音を立てた。アナたちは闇の奥に向かって静かに歩いて行った。雪上に残ったタイヤの跡がだんだん鮮明になっていく。トラックまでそう遠くない。スンジが歩を速め、二、三分後に潮の匂いを捉えた。氷に亀裂が出来ていて、それが進路を妨げている。まだ新しく、水面が凍結していない。やむを得ずタイヤの跡を追うのを諦め亀裂に沿って歩いた。やがて割れ目の幅が狭くなったところで、アナたちは水路を飛び越えた。対岸に続くタイヤ痕に戻るとすぐ、アナは立ち止まった。ヘッドランプが照らす先に見えるタイヤの跡には、わずかな雪が積もっているだけだった。もうすぐだ。

アナは背負った弓をさっと外すと弦を引き、指を離した。手の中で弓が震えた。矢筒にはスティール製鏃《やじり》がついた矢が十本入っている。マルコはスンジにヌードルを一パック与えると、ふさふさの耳に向かって何かを語りかけた。スンジは二、三度クンクンと声を出すと、二口でヌードルを腹に収め静かになった。

アナは橇に掛けた防水シートを剝がし、フレアガンを指差した。ジャッキーが残していった唯一の武器だった。前に、マルコのピックアップにカラシニコフがあるのではと探してみたのだが、氷の割れ目に滑り落ちてしまったようだった。

「撃たなきゃならなくなっても、至近距離になるまでは撃っちゃダメ」

マルコが不安そうに銃を見た。

「ジャッキーは山ほど武器を持ってる。なのになんで追っかけるんだ?」

「あれだけのことをしでかしたやつを、みすみす逃すわけにはいかないじゃない。殺《さつ》戮《りく》の真犯人はあんただって、あいつがボスを言いくるめたらどうするの、マルコ？　連中は今すぐここに来て、あんたを殺すか、殺さないまでも、あんたを中国に引き渡すわ。そうしたら、結局同じ扱いを受けることになるんじゃない？　すべての証拠が四千メートル下の海底にある状況で、そんな罠から救ってくれる有能な弁護士、あなたに雇えるわけないでしょ？」

「確かにそうだ。おれは金持ちじゃないし」マルコはぶっきらぼうにそう言うと、フレアガンを手に取り、一発しかない弾が薬室に入っていることを確認した。

「でも、わたしたちにもわずかながら有利な点がある。ジャッキーはわたしたちが作業棟で溺れ死んだと思っているわ。だからこそジャッキーはあれほど急いで立ち去ったのよ。首尾よくピックアップされるには、特定の時刻前に特定の場所に着かなきゃならないってことだと思う」

アナはスンジのハーネスを氷の塊に繋いだ。スンジは不満げに鼻を鳴らしたが、アナとしてはこの先まで犬を連れて行くリスクは冒したくなかった。アナはスンジを撫《な》で、その幅広の頭部に顔を埋めると、耳の中に囁いた。「ここで待ってるのよ。必ずあなたのところに戻って来るから」スンジがアナの顔を舐め回した。アナはトラックのある場所を目指し、マルコに続いて雪の中を歩き始めた。

激しい雪が真っ直ぐに降り注いで、すべての音がくぐもっている。集中して考えようにも、疲れ果てた身体はさらに消耗していく。ザカリアッセンのこと。ジャッキーが老人を撃ったと思われる場所に、血痕はなかった。つまりあの愚かな老人はまだ生きているにちがいない。ザカリアッセンに対する怒りを掻き立てることで集中力を高めようとしたが、うまく行かなかった。アナは、教授は騙されたのだ。置かれた状況でただ最善を尽くそうとしたにすぎない。アナは、教授とただ一回、本気で議論したときのことを思い出していた。

それは、ノルウェーの国営石油会社であるエクイノールがフラムX調査隊の有力スポンサーだと、ザカリアッセンに告げられたときのことだった。

「北極を救うはずじゃなかったの？　ぶっ壊すんじゃなくて」アナは言った。氷原で迎えた最初の土曜日を祝してアクアヴィットを一杯やったあとだったから、アナも大胆になっていた。

「そう、救いに来たんだ。だが実際問題として、誰かがこの地域で原油採掘を始めたら、もう救うとか壊すとかの問題じゃなくなる」ザカリアッセンが苛立った口調で言った。「我々が石油を見つけられなくても、いずれ誰かが見つける。ロシアかカナダか、あるいはこの問題に関しちゃデンマークにも可能性はある。連中は、我々がカテガット海峡の石油を盗んだと思ってる。それに報復するチャンスだと考えても不思議はないからな」

「あなたは科学者でしょ？……自然を守るべき立場じゃないの？」アナは食ってかかった。議論したい気分だった。虚脱感から無理やり自分を引き剝がしてくれるもの、生きているという実感を与えてくれるものが欲しかったのだ。

「フラムXの目的は北極で起こっている変化を調査することだ。我々に氷融解を止めることはできない。誰にもできないんだ」ザカリアッセンの表情が険しくなった。

「地球上には七十億を超える人間がいる。その一人ひとりがエネルギーを必要としているんだ。我々科学者も自分たちの役割を担《にな》わなくてはならない。大人なら、対立する二つの考えを同時に抱え込むことができるはずだ」ザカリアッセンは窓の外に広がる漆黒の氷に目をやったあと、自分の理屈に満足したかのように、ゆっくりと頷いた。

「北極が融ける。それはもちろん非常に不幸なことだ。だが、それは同時に、多くの機会を提供してくれる。アジアからの貨物船がヨーロッパの港まで航海する時間は、スエズ運河を通るか、あるいはアフリカの角《つの》を回るかという現在のルートと比べて三分の一になる。貨物船ってのは、自動車よりずっと環境を汚染しているんだぞ」

「ホッキョクグマもその考えに納得するかしら？」アナは言い返した。「同時に二つの考えを抱えるですって？　仔《こ》グマが飢え死にしようってときに、いやこれは世界のためになるんだ、って考えろってこと？」

「人間だっておおぜいが飢え死にしてるんだ。地球上の全ホッキョクグマよりかなり多くの人間がな。だがそれに関してだって、わたしにできることは何もないんだ」

二人のあいだで遠慮のない議論が戦わされた。が、やがて、ザカリアッセンがわざとらしくコンピュータの前に座った。議論終了の合図だった。しかし、心の中で燻《くすぶ》る怒りが、しばらくのあいだアナの気分を高めてくれた。が、それも、睡魔に襲われ、また悪夢が戻って来るまでのことだった。

アナは最初理由も分からずに止まった。が、すぐに、マルコが数メートル前で片腕を上げてじっと立っているのに気付いた。

「あそこだ」マルコが囁き声で言った。

赤いライトが降る雪の向こうで輝いていた。

71

矢を番《つが》えたまま、アナは赤いライトに向かって歩いた。

一陣の風が降る雪を押しやった。トラックが見えた。赤いピックアップが荷台を上に向けた恰好で、氷に頭から突っ込んでいる。ブレーキランプがさざ波に屈折して奇妙な光の模様を描き出していた。アナは止まるよう身振りでマルコに合図を送ったあと、弓を構えてトラックの横に走った。

トラックは水流に突っ込んでいた。ボンネットを洗う海水と浮氷が、水中のヘッドライトに照らされている。

アナは弦を引く力を緩め、あたりを見回した。降りしきる暗い雪をじっと見つめる。ジャッキーの姿もザカリアッセンの姿も見えなかった。

ギギーという音がした。金属が氷雪を滑った音だ。ピックアップが水中に滑り落ちて行く。ヘッドライトが水中の氷塊に当たる光で、水面が青みがかった緑に輝いていた。フロントガラス越しに頭が見えた。尖った鼻。白髪。ザカリアッセンが運転席に座っている。

アナはマルコに向かって手を振り、運転台の反対側を指差した。マルコはフレアガンを高く構え、前に進んだ。アナはトラックに近付き、足元の氷を見下ろした。降ったばかりの雪が亀裂を隠しているかもしれない。アナは車から一メートルのところで立ち止まった。

「何か見える?」アナは、すでに車の反対側に立っているマルコに向かって叫んだ。マルコはフレアガンを窓に押し付け、フロントガラスに顔を寄せた。

「いや、この人だけだ」

ザカリアッセンはステアリングホイールにぐったりと身体をもたせ掛けていた。海水がゆっくりと膝のあたりに跳ねかかっている。

「ダニエル、聞こえる?」反応はなかった。アナはザカリアッセンの方に身体を伸ばしたが、亀裂の端からでは後部ドアに届くのが精一杯だった。「見張りを頼むわ、マルコ。ダニエルを引っ張り出さなきゃ」

アナは弓を雪に投げ、後部ドアを引いた。ロックされていた。

「ダニエル……わたしよ……アナよ! 今出してあげるから!」アナはザカリアッセンの注意を惹《ひ》こうと叫びながら、フロントガラスを叩きつづけた。サバイバルスーツを着ているとはいえ、水が入り込む怖れがある。そうなれば、体温が下がって低体温症になり、五感が失われるだろう。「今出してあげる。でもあなたも協力して……背もたれを越えて後部座席に移ってちょうだい。そうすれば手が届くから」ザカリアッセンの注意を惹こうとしつつも、アナの目は周囲の闇をさまよっていた。これがまたしてもジャッキーの罠だったら、仕掛けた張本人がすぐにも姿を現わすだろう。

ザカリアッセンが身体をよじって、アナの方を見た。メガネをなくしていた。混乱した様子で目を瞬いた。肌は血の気を失い、雪のように白かった。ザカリアッセンが咳き込んだ。「本当にアナなのか……本当に？」

「ええ、わたしよ、ダニエル。今はとにかく、わたしに協力して。こっちに来てドアのロックを外すの。そうすれば出してあげられる。分かった？」

「アナ、すまんことをした……わたしのせいで何もかも滅茶苦茶になった……だがわたしはジャッキーを止めようとしたんだ。トラックをUターンさせて基地に戻り、きみを助けようとしたんだよ、アナ……本当にやろうとしたんだ。でも、やつから銃を奪うことができなかった」ザカリアッセンに動く様子はなかった。サバイバルスーツの腹部に黒ずんだシミがあるのに、アナは気付いた。

「怪我してるの、ダニエル？」ザカリアッセンに聞こえるように、アナは大声で言った。

「親父さんに伝えてくれ……ヨハネスに。わたしには間違ったことをする気はまったくなかったんだと」フロントガラスに隔てられているせいで、その声は遥か遠くから聞こえて来るようだった。「わたしはただ役に立ちたかっただけなんだ」

「父には自分の口で伝えて。ダニエル、さあ、こっちへ来るの」トラックが揺れ、前方に滑った。ガリガリという音がした。このままでは引き込まれる。摑んだドアを放し、一歩退がるしかなかった。亀裂の淵《ふち》に巨大なタイヤがぶつかって、トラックが止まった。今や運転台全体が水没し、氷上からドアまで手を伸ばすのは不可能だった。

考えるいとまもなくアナはタイヤに跳び乗り、片腕を荷台に伸ばして身体を引き上げた。荷台に乗るやアナはリアウィンドウを拳で叩いた。

ザカリアッセンは今も運転席に座っていた。割れたフロントガラスから海水が流れ込んでいる。水はすでにザカリアッセンの胸まで達していた。アナは再度リアウィンドウを叩いた。しかしびくともしなかった。片足を上げガラスを蹴った。同じことだった。再び蹴る。トラックが揺れた。それでもリアウィンドウにはひびさえ入らなかった。

「チックショー！」

アナは身体にじゅうぶんタメを作ったあと跳び上がり、両脚を思い切り前に伸ばしてガラスに強烈な蹴りを入れた。ブーツが当たる。荷台に身体が落ちる前に、ガラスが凹んだ感触があった。身体をぐるりと回し、すぐに起き上がる。ガラスは割れていた。だが、ラミネート加工のせいで、リアウィンドウは相変わらずその外形を保っていた。

「ダニエル、今行くから!」

アナは狂ったようにガラスを蹴った。蹴るたびに、ブーツが深い凹みを作り、ウィンドウを固定しているシールが外れ、ゴムが剝がれた。ウィンドウ全体が緩み、やがて運転台に落ちた。

アナは窓枠に残ったガラス片を払いのけ、両腕をザカリアッセンの方に伸ばした。海水の匂いがつんと鼻をついた。

「ダニエル、聞こえる? こっちを向いて。背もたれを越えて後ろの席に来るのよ」

窓枠越しに身体を伸ばす。トラックがぐらりと前に傾《かし》いだ。ようやくザカリアッセンが反応し、ゆっくりと頭を回した。サバイバルスーツにひたひたと寄せるさざ波が、今にも凍りそうに見えた。

「一つ頼みがあるんだが、いいかな、アナ?」ほとんど聞き取れないような、弱々しい声だった。

「なんだって聞いてあげる。でも、ダニエル、お願いだからまず手をこっちに伸ばして」

「本当のことを言えば、わたしが北極に来たのは氷融解を調査研究するためでも、石油や鉱物を発見するためでもないんだ。何百年も前、この地に隕石《いんせき》が落下した――わたしが発見したかったのはそれなんだ……様々な鉱物がここで容易に見つかるのもその隕石が原因だ。隕石がぶつかって、地層が反転したんだ。もし発見できたら、その隕石をソルヴェイグと命名することもできただろう。妻も喜んでくれたと思う」

老人は苦しそうに咳き込んだ。

「バカな考えさ。それもこれでおしまいだ」

「そんなことない、ダニエル。おしまいじゃない。一緒にその隕石を探しましょ……わたしの手を握って。ここから出してあげるから」アナは窓枠からさらに奥まで身体を伸ばした。だがザカリアッセンは運転席から動こうとしなかった。海水が車内に流れ込んでくる音が聞こえた。

ザカリアッセンが再び咳き込んだあと、しっかりした口調で言った。「ソルヴェイグの妹がロンドンにいる。ハムステッドだ……美しい公園があって、妻とよく散歩に行ったもんだよ。イギリス人には公園にベンチを買って、それに自分の名前を刻むという麗しき伝統がある。わたしの代わりにそいつをやってもらえないだろうか、アナ？　ソルヴェイグとわたしの思い出として、そういうベンチを置いてほしいんだ」

「そんなこと、自分でやれるわよ――さあ、わたしの手を取って。あっという間に出してあげるから！」アナは身体をさらに奥に入れた。しかしそれが車体のバランスを崩して、トラックがますます亀裂の奥にのめり込んだ。その動きを止めようとアナは身体を引いたが、滑る荷台に足を取られ転倒した。

荷台が揺れた。リアタイヤが足場を失い、トラックは亀裂の淵を越えて滑り始めた。アナは揺れる荷台の上で立ち上がった。

「ダニエル！　お願いだからわたしの手を掴んで！」

運転台が水没した。水はザカリアッセンの頭に達していた。老人は動かなかった。まるで眠っているように、両目を閉じている。

「ダニエル、目を覚まして！」

フロントガラスから飛沫《しぶき》を上げて注ぎ込む海水の下に、灰色の前髪が消えた。荷台が横に傾いた。アナはバランスを崩し、荷台の横から、あと先考えるいとまもなく身を投じ、氷上に落下した。トラックはアザラシの金属模型のように滑り落ち、水面下に消えた。アナの身体に水飛沫がかかった。トラックがまた水面に浮上した。波に洗われながらぷかぷかと浮いている。ほんの一瞬、ザカリアッセンの頭が見えたが、すぐにトラックはフロントエンドを下にして沈んでいった。

トラックのリアエンドが海面から突き出す。運転台の明かりがいきなり点灯した。トラックは内側からの光に照らされながら、〈タイタニック号〉のように沈んで行く。車体周辺の水が沸き立った。車内から気泡が立ち昇る。リアエンドが直立したあと、車体は音もなく、するりと黒い海に没した。

「ダニエル！」アナは繰り返し叫んだ。だがザカリアッセンはもういなかった。グリーンのスニーカーが片方だけ、泡に囲まれて浮かんでいる。今見えるものはそれだけだった。

72

アナは最後の気泡が弾けるまで、水面を見つめながら氷上に座り込んでいた。マルコが無言でそばに立っていた。海が静かな光沢を取り戻すと、アナはゆっくりと立ち上がり、あたりを見回した。

タイヤ痕がくっきりと亀裂の淵まで続いていた。オイルのシミがいくつか残されている。トラックの下部がこすった痕だ。アナは弓を拾い上げ、ヘッドランプのスウィッチを入れると、タイヤ痕の周りを、円を描くように歩き始めた。円の半径を徐々に大きくしていく。マルコは頭を下げて歩くアナを見守っていた。やがてアナは探していたものを見つけた。

「ブーツの跡」アナはそれだけ言うと、足跡を追い始めた。マルコはためらいながらも、アナを駆け足で追いかけた。海流で流氷がぶつかり合い合体して、ごつごつした岩のような氷塊を形成する地域まで、足跡は続いていた。ジャッキーの足跡がはっきりと残るようになっている。ここを通ってから、さほどの時間は経っていないということだ。

足跡を追っていくと、二つの大氷塊が支え合っている場所に着いた。そこに出来た自然のトンネルの直前でアナは立ち止まり、ジャッキーがそこに隠れていないことを完全に確認するまで、耳をそばだてた。ヘッドランプを切り、トンネルに入る。自分の足音が反響し増幅された。トンネルは進むにつれて狭くなっていった。二人並んで歩くゆとりはなく、マルコはアナの後ろについた。二人の前方に、氷の世界がぼんやりと広がっている。アナが何かを感じ、突然立ち止まった。

音が聞こえた。

周波数を合わせ損なったラジオから聞こえるようなヒスノイズだ。アナは矢を番え、マルコの手にフレアガンが握られていることを確認した上で、音の方に進んでいった。

降る雪の先、暗闇で動く光があった。その光がジャッキーの顔を照らし出していた。大氷塊の陰で、氷原に立っている。光はジャッキーが両手で持っているものから発せられていた。無線機のようだった。短く太いアンテナが空に向かって突き立てられている。アイス・ドラゴンのジャケットを着ている。すぐそばの雪に置かれたカラシニコフがなければ、両手を見下ろしているその姿は、殺人鬼ではなく、道に迷った旅行者のように見えただろう。

アナはゆっくりと弓を構えた。弦を引き、息を整え、光に照らし出された顔の真下、胸の方を狙う。距離は二十メートル。降りしきる雪が視界を曇らせている。

突然、ゴーンゴーンという音が聞こえた。ドラムブラシで大げさに巨大なシンバルを叩いたような音だ。その音にジャッキーはアナの方を向いた。同時に、アナの指先が弦を放す。矢はジャッキーの顔をかすめ暗闇に消えた。ジャッキーは無線機を落とし、カラシニコフに向かって身を投げた。

アナは急いでマルコの方に向かって後退し、二人して雪上に伏せた。無線機からの光がない今、ジャッキーの姿は闇に隠れてほとんど見えなかった。シンバルの音がますます大きくなってくる――ヘリコプターが向かって来る。

カラシニコフのタタタという銃声が、弾倉がからになるまでのあいだ、ヘリからの騒音を掻き消した。銃弾の粉砕した氷片が、アナの顔に雨霰《あめあられ》と降り注ぐ。銃口の放った閃光が網膜に焼き付いた。

銃声が途絶えるやいなや、アナは再び体勢を整えると、矢筒から一本引き抜き、さっと立ち上がって矢を番えた。弓を構えながらジャッキーに向かって駆けだす。

ヘリのローター音がますます大きくなった。

震える鏃のすぐ上に、雪上を這いながら後退しているジャッキーの姿が見えた。もうこっちのものだ。アナは弦を目一杯引いた。あとは仕留めるだけだ。

そのときすべてが真っ白になった。空からの強烈な光に目が眩《くら》んだ。矢が弦から外れ落ちた。ヘリが氷原に降下してくる。顔に雪が吹き付けた。ひどい逆光のせいで、ジャッキーの居場所も分からない。アナは回れ右して、今も氷塊の前で伏せているマルコの元に走った。

「ここから逃げるのよ！」

アナはマルコの身体を掴んで無理やり立たせると、トンネルの入り口まで引っ張っていった。背後から声が聞こえた。こっちに向かって何やら叫んでいる。

アナはマルコを氷のトンネルに押し込んだ。二人がトンネルをほとんど抜けたタイミングで、外の氷原が光を浴びた。躓《つまず》いて転んだマルコをアナは跳び越えたが、止まり損ねて、氷上をトンネルの外まで滑っていった。ちょうどそのとき、別のヘリが着氷した。時を移さず、着陸灯のギラギラした光の中、白い人影がヘリの扉を開けて跳び降りた。赤いレーザービームが氷原に揺れた。

アナはトンネルの中に退避したが、レーザービームがなおも追って来た。明るい光が、ホタルのように足元を舞い、やがて胸のところで止まった。

73

「動くな！」低音の怒鳴り声だった。「頭の上に手を上げろ！」

白いカムフラージュスーツを着た四人の兵士が、ヘリコプターの放つ光の中からアナに向かって走り出た。先頭の男は筋肉隆々とした大男だった。ゴーグルと白いマスクで顔は見えない。ライフルを構え、アナにピタリと狙いをつけながら近付いて来る。

アナは手を上げたまま、じっと動かなかった。背後から、怯えきったマルコの苦しそうな息遣いが聞こえる。

「うつ伏せになれ！」兵士が怒鳴った。

アナは言われたとおりにした。全身を探られているのを感じた。両手首に痛みが走った。男がジャケットの縫い目に手袋をした指を突っ込んだのだ。別の手が太ももを叩いた。ポケットを開けてナイフを取り出す感触があった。

「立て！」

アナはゆっくりと立ち上がった。真正面に立っている兵士の巨大なゴーグルに自分の顔が映っている。残りの兵士三人が傘型隊形を取り、男の背後に立っている。全員が自動小銃をアナの方に向けている。

「どこから来た?」喋っている兵士が頭を回した。ゴーグルのレンズの奥に黒い肌が見えた。

「アイス・ドラゴン基地……あんたたちは誰?」

男は答えず、アナの肩越しにマルコの方に目をやった。

「あんたたちが迎えに来た男は危険な殺人犯よ」アナは言った。

男はその言葉を無視し、他の兵士の方に顔を向けるとヘリを指差した。「この二人を乗せろ」

三人の兵士がアナに近付いた。

「こいつら誰なんだ?」マルコの声が震えていた。

「おとなしくしてればいいの。逆らっちゃダメ」アナは言った。

「あんたたちが誰か、あたしたちをどこに連れて行くつもりなのか? 教えてくれない?」怒りを押し殺し、なるだけ平静な口調でアナは言った。

「どうかこちらの言うとおりに、マーム。ヘリコプターに乗ってください」

間延びしたような南部方言。兵士がどの国の人間かに疑問の余地はない。背中を押す手があった。アナは歩き始めた。回転したままのローターが、顔に凍て付くような風を吹き付けてくる。

そのヘリは真っ黒に塗装され、標識は一切見えない。機体は滑らかで、流線型をしている。ステルス戦闘機に似ていた。コックピット・ウィンドウの下から長い槍《やり》状のものが突き出ている。空中給油用のブームだ。機体に近付いた。よく見ると黒い塗装の上に、アメリカ合衆国陸軍所属であることを示す、星に三本ストライプの徽章《きしよう》が描かれている。アナは搭乗用ドアの前で立ち止まると、真後ろにいる兵士を振り返った。

「どこに連れて行くつもり？」

兵士はキャビンの方を指差した。

「乗って」

アナは正面に向き直り、ヘリのフロアに手を置くと、片膝を戸口について乗り込んだ。背中を押されるようにして後部座席に向かう。付き添った兵士は、着席を見届け、その手でアナのシートベルトを締めると、向かい側に座った。

マルコが怯えた表情でアナを見た。「おれたちどうなるんだろう？」

アナはなるだけ楽天的な口調で答えようとした。「分かんないけど、少なくともこの憎ったらしい氷とはおさらばできそうじゃない？」

「ジャッキーは？」

「もうわたしたちには関係ない」

アナはマルコから目を逸らした。自分にも答が分からない質問に答える気力は残っていなかった。前に座っている兵士の頭の陰で、パイロットたちがヘルメットに付属した暗視ゴーグル越しに、機外の風景を慎重に調べている。

最後に、あの南部出身の兵士がキャビンに跳び乗り、ドアを引いた。パイロットが操縦桿《そうじゅうかん》を握る。ローターの回転数が上がった。機体が氷から離れようともがいて震えた。

束の間、スポットライトが氷を大きく照らした。氷塊が四方八方に長い影を投げる。ヘリが前進すると影は生き物のように動いた。やがてライトが切られると、窓の外は闇に覆われた。

コックピットの計器盤からかすかなグリーンの光が漏れている。アナはアメリカ兵の着用した制服に、通常ならあるはずの名札や星条旗のエンブレムがついていないことに気付いた。身元を伏せていることで、どういう種類の者たちか分かる。アナはフロリダの湿地帯で、同じ部隊の仲間たちと訓練を受けたことがあった。ネイビー・シールズは、河川、海洋、湿地、あるいは敵地海岸線を舞台に少数部隊で作戦を遂行することを目的とし、そのための特殊訓練を受けたエリート兵士たちだ。アナの所属したノルウェー陸軍特殊部隊とよく似たものである。

スンジがまだ氷の上にいる——突然そのことに気付いたアナは、横にいる兵士の方に顔を向け、エンジン音に負けぬ大声で叫んだ。

「犬を連れてるの——置き去りにするわけにはいかない」

兵士は聞いていているそぶりも理解しているそぶりも見せず、ただ胸の高さに銃を上げただけだった。

アナは向かい側の兵士にも同じことを怒鳴ろうとしたが、結局諦めてキャビンの壁に頭を持たせかけた。暗闇に取り残されたハスキー犬のことを思う。寒さで死ぬことはないだろう。だが、ホッキョクグマが現れたら？ 氷塊に繋がれたスンジが、リードを引きちぎり無事逃げてくれることを祈るばかりだった。無力感に苛まれ、心が押し潰されそうだった。いくら遠くまで逃げても、死は常に追いかけて来る。目を閉じ、現実を締め出す。エンジンの振動で顔がむずむずした。

アナは再び前を向き、サイドウィンドウから外を見た。白と赤のナビゲーションライトが暗闇で点滅している。すぐそばをもう一機が飛んでいる。ジャッキーを乗せたヘリだ。重武装のネイビー・シールズがわざわざ北極まで飛んで来て、単独行動中のスパイをピックアップする理由はなんだろう？ ジャッキーこそが、氷原における危険要素なのに。アナはザカリアッセンの言葉を思い出していた。ジャッキーが何かを発見した。それは明らかに、ジャッキーが奪ったすべての命より、アメリカ合衆国にとって重要な秘密なのだ。アナにはそれ以上頭が回らなかった。自らの無力に対する怒りをやり過ごそうとする。現状では、怒ってみても何もできないのだ。世界最強の軍隊が主導権を握ってしまった。たった一人で兵士を気取ってみても始まらない。

ダニエルは死に、ジャッキーは生きている。

世界はとんでもなく不公平な場所だ。

胸の前で手を組んで、どことも知れぬ場所に行くあいだ、兵士なら必ずすることの準備をする。眠るのだ。

が、その試みも、ヘリが急旋回したことで中断された。尻がシートから浮き上がる。ヘリが暗闇を急降下して行った。外に目をやると、氷原に明かりが灯っている。たった数分の飛行だった。

氷はまだ自分を解放してくれない。

74

ヘリが着氷するや、南部出身の兵士がドアを開け機外に飛び降りた。二番目の兵が続く。ドアはまたすぐに閉められたが、なんとか暗闇の中、いくつかの窓から光が漏れているのを確認できた。アイス・ドラゴンに戻ったのだ。

ヘリは基地敷地の境界線を少し外れたところに着氷した。キャビンの窓の前を通り過ぎる人影がちらりと目に入った。兵士たちは事件発生現場の確保に向かった。

ヘリのエンジンは今もアイドリング状態にあり、暖気が機内に入って来る。パイロットたちには燃料を節約する気がないようだ——満タンで到着したにちがいない。きっと今現在、給油機が北極上空を旋回していることだろう。それも一機にはとどまらないかもしれない。アメリカという国は、ひとたび何かをやると決めたら、無限に資源を投入してくるのだ。

自分たちを警護している二人の兵士が、各ドアに陣取っている。フロリダでシールズの教官が接近戦について教えてくれたことを、この二人を相手に試してみようかという考えが、一瞬アナの頭をよぎった。だが、近くにいるほうの兵士を一目見て、バカな考えだと諦めた。その若い兵士はこっちの一挙手一投足を注意深く見張っている。し、両手を置いている銃は、ヘクラー&コッホのライフル、それも高性能望遠照準器付きの上、銃身の下には二脚《バイポッド》まで具えている。北極にスナイパーを派遣してきたわけだ。

アナはマルコに目をやった。顎を引いた恰好で座っている。信じられないことだが、眠ることに成功したようだ。自分の疲労に気付いたアナも、壁のパッドに頭を委ね目を閉じた——ガラガラという単調なエンジン音が頭をからっぽにしてくれることを願いながら。

バーの奥。目立たないところに座っていたから、気付いたのはこっちが先だった。白いシャツ姿のヤン・ルノーが会議場に入って来た。入場許可証を首に掛けている。バー・カウンターを通り過ぎるヤンを数人の男女が見つめていた。ヤンがこっちに気付いた。その顔が輝き、大きな笑みがこぼれた。自分のそばにやって来て、両頰にキスした。ヤンが隣に腰掛けた。妙に誇らしい気分だった。

「きれいだよ」ヤンが言った。

「ありがとう」

バーに入ってくるときにガラスドアに映った女を見て、一瞬、自分だとは思わなかった。赤いドレスはその日の午後買ったばかりだった。

髪は肩のところでカールさせた。ホテルの部屋にあるドライヤーとヘアムースをそれこそオニのように使った賜物《たまもの》だ。滅多に出番のない家宝、ツアー時代のロシアコイン四枚を銀のチェーンに結び付け、それを首に掛けた。ノースリーブのドレスを着ると、普段戦闘服に隠れた部分だけが日灼《ひや》けしていない。色の差をごまかそうとファウンデーションまで買った。おしゃれにそれほど時間をかけたのは、いつの日以来のことだったろう？

「サディはどうしてるかしら？」どう話を始めてよいものか分からず、そう訊ねた。

「すこぶる順調だ——きみによろしくって。でね、今度来るときに新しいおしゃぶりをいくつか買って来てもらえないかって言ってる。どういうわけか、あの子、使用中のやつを絶対見つからないところでなくす天才なんだよ」

「おしゃぶりなんて、もうやめなきゃいけない時期なんじゃない？」

ヤンは苦笑いを浮かべた。「そのあたりのことは、きみ自身が説得してみてくれないかな。ぼくじゃ無理そうなんだ。なにしろサディは、意志の強さにかけちゃ、一丁前の青年並みでね」こちらの前にあるクリスタルのグラスの方にヤンの視線が動いた。

真上にあるスポットライトが直にグラスを照らして、中の液体が金茶色に光っている。

「何を飲んでいるんだい？」

「世界で一番人気がある飲み物。バーテンダーがそう言ってた」

ヤンに向かってグラスを掲げる。

ヤンが茶色の液体に入っているカクテルスティックを取り出し、クリムゾンベリーに巻かれたレモンピールに鼻を近付けた。「砂糖、バーボン、それにアンゴスチュラビターズがほんの少し……正統派オールド・ファッションド？」

「ヤン・ルノーが知らないことってあるのかしら？」

ヤンの笑い声に、女が何人か振り返った。「ホテルで育ったって言ったろう？　毎日学校から帰るとバーで宿題をやってたんだ。親父が客にカクテルを拵《こしら》えている横でね」

「アル中にならなかったのが不思議なくらいだわ」

「ほう、ぼくがアル中じゃないなんて誰から聞いた話だろ？　ぼくらフランス人は、のべつ幕なしに飲んでるから、アル中かどうか分からないのさ」ヤンはまた声を上げて笑いながら、目の前で待機していた女バーテンダーに顔を向け、カクテルグラスを指差した。バーテンダーは注文しようとした二人の男を無視し、さっそくヤンのカクテルを作り始めた。バーテンダーの上に見える棚に、飲み物のボトルが並んでいる。その奥に自分が映っているのが見えた。

ドレスが戦闘服に変わっていた。

ライフルを前にうつ伏せになっていた。照準の奥に自分の目が見えた。不自然に大きい。照準用十字線《クロスヘアー》で四分割されていた。銃身が動く。ヤンに照準が合った。


自由落下している感覚があった。アナは身悶《みもだ》えしながら目覚めた。シートから逃れようともがくアナの前で、二人の兵士がライフルを構えていた。急な騒ぎにマルコが目を覚ました。アナを怯えた表情で見つめている。

「どうしたんだ？」

「ごめん……夢を見てたみたい」

マルコが上の方を見た。「止まったぞ」

最初は何を言っているのか分からなかったが、やがて、アイドリング音が消えていることに気付いた。エンジンが止められたのだ。南部出身の兵士がキャビンのドアを開け顔を出した。

「一緒に来るんだ」

「どうして？」

銃床が肩を強く押した。後ろの兵士が、有無を言わせぬ口調で言った。

「言われたとおりに」

アナは立ち上がり、開けられたドアに進んだ。三十分うたた寝したせいで、節々が強張《こわば》り身体が痛い。

「どこに行くの?」

アナは氷に降り、小降りになった雪の中、キャビンのある区域に向かって歩いた。後ろからマルコとそのあとについた兵士の雪氷を踏む音が聞こえる。作業棟が沈んだ穴を通り過ぎた。すでに水面には薄く氷が張っている。庭の反対側にも穴が見えた。アナが凍死しないようにと、マルコが火をつけたキャビンで出来た穴だ。

残ったキャビンの窓から漏れている光は頼りなく、見えるのはほんの数メートル先までだった。闇に包まれて、本館はほとんど見えなかった。アナは中国人三人の遺体を覆っている雪の小山に目をやった。付き添いの兵士が先頭に立ち、本館正面ドアの前を通り過ぎた。凍りついた司令官がいるところだ。風のせいか、誰かがそうしたのか、ドアは閉まっていた。

アナは角を回った。

二人の兵士が、本館側面ドアの前で警備に立っていた。兵士に歩み寄りながら、ガレージの方に目をやる。扉の一枚が開いていた。二人の兵士はあそこにいたのだ。ドアに着くと、一人がドアを開けた。部屋に足を踏み入れる。アナは明るい光に目を細めた。

室内には四人の人間が立っていた。

女が苛立った口調で中国語を喋っているのが聞こえた。男がぶっきらぼうに答えている。ジャッキーだった。その真後ろには見張りの兵士が立っていた。

アナの姿を認めると、ジャッキーは突然話をやめた。アナは目の前が暗くなった。頭の中で様々なわめき声が交錯した。ジャッキーの隣にいる女が、ジャッキーに向かって駆けだした。ほかの二人が振り返った。アナはジャッキーに向かって駆けだした。アナは目の前が暗くなった。ほか
ブロンドのポニーテールが、パッド入りジャケットの肩に掛かった。兵士がジャッキーを押さえ、背後に引きずった。

ブロンドの隣にいた男が何事か叫びながら腕を伸ばした。だが、部屋の奥に退がっていくジャッキーだけを見ているアナの目には入らなかった。

「止まれ！」女が怒鳴った。

アナは大股《おおまた》で一歩進んだが、足が床に着いたところで、男が伸ばした脚に引っかかった。アナは躓き倒れ氷の上に転がった。女がアナに跳びかかり、片腕を掴むと、背の上で目一杯ひねり上げた。アナは背中に膝が押し付けられるのを感じた。

「うつ伏せになって！」

脚を掛けてきた男の頭が、視野に入った。

「アナ」聞き憶えのある声だった。過去からの声だ。ＣＩＡ上級作戦担当官。前髪に

半ば隠れた瞳がじっとアナを見つめていた。瞳も髪も灰色だった。「久しぶりだな、どうしてる?」

75

「未確認だが、ヤン・ルノーが見つかったという情報がある」

アメリカ合衆国情報将校の言葉が、諦めかけていた心に火をつけた。国境のトルコ側、キリス中心部にあるカフェでのことだ。街の無秩序ぶりは壮観だった。軍用車両、祖国での内戦から逃げようとするシリア人の車、そして日曜の市場に向かう人々の群でごった返し、ロバと子どもたちが競って大声を出していた。

このベテラン捜査官とは、シリア紛争関係国の情報交換会合で顔を合わせていた。ジョン・オデガードはノルウェー系で、そういう意味での絆もあった。オデガードの父親は戦時中にソグネ・フィヨルドから脱出し、二度と故国に戻らなかった、ということだった。オデガードは、リタイアしたらノルウェーを訪れると言い、その計画について細々《こまごま》と話すこともあった。

そのときには、このCIAエージェントだけが頼みの綱だった。

「シリア東部、遠方の町で、ヤンらしき男が確認された……アル・スワールという町だが、衛星の一つが偶然写真を撮ったんだ」灰色の髪をした捜査官は眩しい陽光に目を細めた。目の周りにある皺のせいで、心優しい祖父のような雰囲気があった。オデガードが上着のポケットから畳んだ紙を取り出し、コーヒーテーブルの上に置いた。その紙を取り上げて開く。写真だった。ヤシの木に囲まれた建物が写っている。その中央にある開けた場所にオレンジ色のドットが五つ見える。何度も繰り返し拡大されたせいで、ひどく劣化した画像だった。

「これが、拉致《らち》されたきみの恋人に関する報告書だ」オデガードはそう言うと、一冊のファイルを押して寄越した。「わたしからだということは、内密にしてくれ」

怖々、ファイルを読み始める。

CIAのレターヘッドの下に、短い文面がある。水売りの目撃証言だった。

〈国境なき医師団〉のミニバスが二台、トルコ国境から南に少し行ったところにある村の交差点に停まった。三台のピックアップ・トラックが横道から猛スピードで現れ、バスの進路を塞いだ。ISの戦闘員たちがトラックの荷台から跳び降り、バスを取り囲んだ。

ドライバー二人は訓練されたとおり、上げた手にドル紙幣を持って、それを相手に向かってひらひらさせながらバスを降りた。だが、カネが目的ではないIS戦闘員たちは、ドライバーたちを道の真ん中にうつ伏せに寝かせ、後頭部に銃口を向けて処刑した。

そのあと戦闘員たちはミニバスを二台とも乗っ取り、ドイツ人看護師一人、イギリス人理学療法士一人、それにフランス人医師、ヤン・ルノーを拉致した。


オデガードは衛星写真を指差した。

「これはアル・スワールの警察署だ。建物は、ISが町を奪取したときに破壊されたが、人質は地下の留置場に拘束されていると、我々は考えている」オデガードはあたりに目をやった。特徴のない日本製の四WDが道路の向かい側に停まっていた。オデガードが乗ってきた車だ。後ろのテーブルには、長い髭《ひげ》を生やした二人の若者がいた。二人とも野球帽を被りサングラスをかけている。色褪《いろあ》せたTシャツの下には、隆々たる筋肉が隠されている。オデガードのボディガードだった。「いいかな、これはわたしから得た情報ではないということをくれぐれも忘れないでくれ」オデガードは微笑むと、トルココーヒーをひと啜《すす》りした。

衛星写真を日光にかざし、宇宙から送られたぼやけた粒子を睨んで、オレンジ色のドットの正体を見極めようとする。このうちの一つが本当にヤンだと、どうして言えるのだろう？

天井のランプがアナの網膜に焼き付いた。オデガードが手を伸ばした。アナは這ったまま遠のいた。

「あんたいったいこんなところで何してんのよ、ジョン？」

「お願いだ、アナ……もっと文明人らしく話してくれないか？」

「あのサイコ野郎がここにいるうちは無理だわね……あいつのやったこと見てないの？」

「ああ、死体なら見たよ……ひどい有様だった」

アナは自力で立ち上がり、部屋の奥にいるジャッキーを憤然と指差した。

「あの男──あんたんとこのエージェントが、十四人もの人間を殺したの！」

「ああ、多数の人間がここで死んだことは聞いている。だが、こちらとしては、いま一つ状況がはっきりしないんで」オデガードが言った。「これから──」

「はっきりしない？」アナが割り込んだ。「一時間前、相棒がこの怪物に殺された。あんたがたがこのとんでもない場所に誘い込んだせいでね」

ジョン・オデガードが不安そうな表情でアナを見た。「ザカリアッセン教授も死んだと？」

「ええ。海底でトラックのシートに座ってる。ジャッキーに撃たれて、亀裂に突っ込んだまま見殺しにされたの」

オデガードはブロンドの女に目をやった。「この件に関して、分かっていることは、ラーラ?」

「ジャッキーは、運転中の車両が亀裂に突っ込んだことは認めてる。ザカリアッセンに関しては、救助しようとしたけれど、できなかったと」ブロンドの女が答えた。がっしりとした顎、細い鼻、そして明るいグリーンの瞳。どこか見憶えのある顔だったが、誰であるかは思い出せなかった。

女は大きめのダウンジャケットの下に、グリーンのフリースを着ていた。首の周りにクーフィーヤをゆったり巻いている。幅広のポケットがついたカーキ色のズボンは、任務遂行中のCIAエージェントが着用する略装だ。

「それは嘘《うそ》、ジャッキーはザカリアッセンを撃って置き去りにしたのよ!」アナはジャッキーを見た。冷たい目は、顔にあいた暗く虚ろな穴のようだった。「わたしは現場にいて教授を助けようとしたのよ――この人に訊いてみて!」アナは戸口にいるマルコを振り返った。マルコは部屋にいる人々を怯えた表情で見つめている。

「我々がちゃんと調査する、アナ。本国に戻ったら、ここで何が起こったのか、詳細に調べる。それは保証する」オデガードは、今も警護の兵に身体を押さえられているジャッキーの方に目をやった。「そして殺人を犯したのが事実なら、たとえ我々のエージェントであっても処罰される」ジャッキーは無言のままだった。半ば閉じた目が、細い線のようになっている。

「こんなことに構っている時間はないのよ、ジョン」ラーラが言った。「空中警戒《AWA》管制《C》システム《S》からの情報によると、ムルマンスク周辺でヘリの活動が活発化している。ロシアがいつ現れても不思議はない状況だわ」

「アナ、我々としてはどうしても今、きみの協力が必要なんだ」氷にあいた穴のそばに重ねられたメタルケースを指差した。

「ここにはラップトップがあった。今どこにあるか知らないか？」

アナは心の中でほくそ笑んだ。

「知るわけないじゃない。きっとそれも、そのエージェントが盗んだんだわ」

ラーラの目が険しくなった。

ジャケットの下で幅広の肩が膨らんだ。このときふいに、アナはどこでこのアメリカ人女性を見たかを思い出した。ジャッキーが孫子の『兵法』のページに隠していた写真――あの女だ。ラーラはジャッキーのハンドラーにちがいない。そして本人はおそらく、部下のスパイがこっそり自分の写真を撮ったことを知らないだろう。

「ジャッキーは自分が基地を出たとき、ラップトップはここにあった、と言ってる。ほかにここにいたのは、ノルウェー人女性ともう一人の中国人だけだとも」

アナの怒りが再び燃え上がった。「ええ、そのとおりよ！　で、あんた、なんでこいつがそのラップトップを持って行かなかったか分かる？」アナはジョンに向かって言葉を投げつけた。「あたしたちが溺れると思ったからよ。あたしたちを作業棟に閉じ込めて、キャビンごと水に沈めようとしたのよ」

「アナ……こんなことをしてたって、何も解決しないぞ」

「上等だわ。あたしにはあんたの問題になんてなんの興味もないから」

ラーラはズボンのサイドポケットに手を入れ、グロックのピストルを抜き出すと、オデガードを脇に押しやり、アナの真正面に立って頭に狙いをつけた。

「すぐにラップトップを持ってきなさい！」

「お断りよ！」

アナは目を閉じると、銃口が額に当たるのを感じるまで身を乗り出した。

「本気よ」そう言うラーラの声が聞こえた。「ラップトップを渡しなさい」

アナは応えず、ただ頭をさらに強く銃口に押し付けた。

「予備のラップトップなら、おれが持ってる」マルコの声だった。

頭に感じていた圧力が突然消えた。アナは目を開けた。ラーラがピストルを構えながらマルコに歩み寄って行く。

オデガードを見た。顔は蒼白く、疲れている様子だった。「すまんな、アナ。ラーラには撃つ気はなかったんだ」

「なんであんたがここにいるわけ、ジョン？」

オデガードが観念したようにアナを見た。「答えられないことぐらい、分かっているだろう」

「あたしがいるから来たの？」

オデガードは灰色の髪を掻き上げた。「すべてが関連している。答えはイエスだ」

「あんたたちが探しているラップトップなら、あそこにある」アナは天井の、ケーブルが下がっている穴を指差した。オデガードは驚いた表情でアナを見た。

「確かか？」

「ええ」

「ラーラ、ラップトップはこっちだ」オデガードは、マルコと戸口に向かっていたラーラに、大声で呼びかけた。ラーラは急いで戻ると、メタルケースに跳び乗り、天井の穴に向かって腕を伸ばして、中に手を突っ込んだ。しばらく手探りしていたが、やがて天井裏の隙間《すきま》にアナが隠していたものを見つけて、引っ張り出した。ラーラはメタルケースから跳び降り、ジャッキーに何やら中国語で話しかけた。

兵士が手を放すとジャッキーは、ラップトップを海底鉱山を制御するケーブルに接続した。

「それを何に使おうって魂胆《こんたん》なの？」アナは努めて冷静な声で訊いた。

ラーラが敵意のこもった目でアナを見た。「この女をここから出して、ジョン。あなたがやらないなら、わたしがやるけど」

オデガードはアナの肩に手を置くと、苦しそうに笑顔を作った。「さて、座ってゆっくり話ができるところを探そうかね」

オデガードに続いてキャビンを出る。外に出ると、オデガードは一旦立ち止まり、暗闇を見回した。

「きっときみの方がこの場所には詳しいと思うんだが……食堂みたいなものがあるんじゃないか？」

アナは右手のキャビンを指差した。歩きながらオデガードは親しげな口調で話し始めた。

「ドイツの病院にきみを見舞いに行った……知ってたかな？　昏睡《こんすい》状態で、身体にいっぱいチューブを繋いでたから……実際……」オデガードが幅広の鼻を鳴らした。含み笑いと咳が交じったような音だった。「きみが意識を回復するまで一緒にいられればよかったんだが、仕事がね……分かるだろう……シリアでの戦争は厄介で、全然終わらない」

「あそこの中にあるもの、見た？」アナは固く凍った男を隠しているドアを指差した。

「ああ」

オデガードは食堂棟まで押し黙ったまま歩き、ドアを開けた。「さあ、寒さから脱出だ」

キャビンに入る。老人が一人、テーブルについている。一人の兵士が一緒にいた。

老人は、ぶかぶかのカナダグース社製ジャケットを着て、野球帽を被っている。帽子のつばに沿って、金糸でレタリングが刺繍《ししゅう》されている。兵士はアナの姿を見るや、立ち上がって銃を向けてきたが、オデガードが無用だと言うように手を振った。

「いいんだ、ロバート。わたしの客だ」

オデガードがアナを空いたテーブルに連れて行った。テーブルにはご飯が入ったボウルが載っていた。箸が一膳、ご飯に突き立てられている。箸にはスイートチリソースにくぐらせた跡があった。放置された食事を見て、アナは急に、父がクリスマスイブに決まって作ってくれたデザート、ライスプディングのこと、そしてその中にアーモンドを一粒入れる慣わしのことを思い出した。父は、アナとキルステンが家を出たあともずっと長いあいだ、この習慣を守りつづけた。

アナは思い出を引き剝がし、オデガードの目を真っ直ぐに見つめた。

「あなたがダニエルに探検調査の資金を提供した。ダニエルが死んだのは、あなたのせいだわ」

オデガードは首を振った。「いや、それは違う。こんなことが起ころうとは誰も思わなかったし、わたしは教授が受け取ったカネとなんの関係もない。これはラーラのオペレーションなんだ」

「魅力的な女性ね」

「さあね。お互い知り合うには理想的な状況ではないが。なにしろ、我々はプレッシャーに圧倒されそうなんだ、正直な話、この件はすべて内密に解決したかった……ジャッキーを拾ったら真っ直ぐグリーンランドに戻るというようにね」

「わたしを探検に連れて行くよう、ダニエルに依頼したのはあなた？」アナは続けた。

オデガードが日灼けした手を上げた。

「いいか……信じてくれ。正直言って、きみがここにいるなんて、まったく知らなかった……ラーラからの報告書を見るまでは。ドイツの病院を退院してからあとは、きみの消息が全然摑めなかった。Eメールを送ったんだ――なんて言ったかな、きみんとこの司令部は……そう、キャンプ・レーナだったっけ？　返信はあったが、書いてあったのは、きみが回復途上にあるということだけだった。〈不特定休暇〉だったかな、そういう言い方をしていた。きみが北極探検に同行するとラーラが教えてくれたとき、わたしは思ったんだ――極限状況を生き延びる訓練を受けた優秀な兵士を我々のチームに入れるのも悪くないとね」

「なぜダニエルをリクルートして、北極に行くことを依頼したの？」

「いやいや、そんなことじゃない——リタイアした学者がトロムソくんだりで吹聴《ふいちょう》していることに、CIAが興味を抱くと考えているのかい？　教授自身が、アメリカの研究機関が運営するウェッブサイトの資金援助プランに応募してきたんだ。中国が流氷原に基地を建設するつもりでいることを知ったあと、我々は最初中国に、公式チャンネルを通じて計画の内容を伝えるようにと掛け合ってみた。だが、中国からの回答は曖昧《あいまい》で、基地の規模にそぐわないものだった。そこでラーラがトロムソに飛んで教授に会ったんだ。会ってみると教授がかなり真剣に考えていることが分かった。で、ラーラは、我々が探検に対し大枚三百万クローネの資金援助をする、と申し出た。見返りに要求したのは、中国の行動を監視しろ、ということ、それだけだ」

　先ほどの老人が二人の会話に聴き耳を立てていることに、アナは気付いた。

「ジャッキーは〈情報活動要員《ヒューミント》〉だ……ごく一般的な情報員だよ」オデガードが続けた。「我々が中国をスパイし、中国が我々をスパイする。友は近くに置け、敵はもっと近くに置け、って言うだろう？」オデガードは、自分たちの置かれた状況が全てを説明するとでも言うように、両腕を大きく開いた。この老獪《ろうかい》なスパイは自分を言いくるめようとしている。白い鳩《はと》を出して目を惹き付け、その裏で本命の手品をやるのだ。

「きみとはシリア以来の知り合いだと知った上司たちが、万が一の場合、ラーラに協力してくれと依頼してきたんだ」アナが黙っていると、オデガードが話を続けた。「その電話を受けたとき、わたしはゴルフをやってたんだぞ」

「でも、CIAが局内きっての分析官を、ただ知り合いだってことを根拠に、北極くんだりまで派遣するかしら？」

オデガードは指先でボウルの縁を撫でた。

「あなたはわたしを利用したのよ、ジョン」アナは言った。「わたしだけじゃない。国際政治に貢献していると信じ込んだ単純な老人もね」

「こりゃまたずいぶんと綺麗事を言うもんだな……このゲームのルールなら、きみだって熟知してるだろう」

オデガードは箸を弾くと、いきなりボウルを押しのけた。

「どの国であれ、他国という他国をスパイしている。平和国家を標榜《ひょうぼう》するノルウェーさえ――わたしの記憶に間違いがなければ――今現在、ロシアの監獄にスパイが繋がれているじゃないか。北極は新しいゴールドラッシュの地になる。そしてどの国もその分け前を欲しがっているんだ。特にロシアだ……支配欲を隠そうともしない。プーチンはアラクルッティの北極基地を再開した。冷戦時に建造した古い施設だよ。今やそこだけで一万の兵力がある。連中の計画はコテリヌイ島に新しく町を造って、極点下海床の領土権を主張することなんだ。何千人もの住民が一つの屋根によって寒さから守られている、という理屈だろう。ロシアが無理を通すのを許せば、北極は連中のものになる。そうなれば、その混乱に乗じて、中国が割り込んでくる」

「スパイのなんたるかは重々承知……でも、あのエージェントはまったく別物よ。人殺しだわ。わたしは当事者よ。あなたはわたしに真実を話す義務がある。なぜあなたはここに来たの、ジョン？　いったい何を探しているの？」

アナの言葉を聞いて、例の老人が顔を背けた。咳き込み、ジャケットからハンカチを取り出し鼻をかんだ。

オデガードはテーブルに身を乗り出し、声を潜めた。「十七稀土《きど》元素というのを聞いたことがあるかな？」

オデガードはどこまでもしらを切りつづけるつもりなのだ。アナはそれに付き合うことにした。「それって常識なの？」

「ああ。わたしに言わせれば、稀土元素は小学校レベルで教えるべきだ。我々が慣れ親しんだ世界は、稀土元素なしではすぐに消滅する。稀土元素の中には、携帯電話、コンピュータ、電気自動車、風力タービンなどなど……今当たり前だと思っているものの製造に不可欠な鉱物があるんだ。問題は、世界で供給される量の九十パーセントが、中国によって採取され、アメリカは必要量の七十パーセントを輸入に頼っているということだ。つまりひどく海外依存度が高い、と言えるわけだ……そういう状況で、二〇一〇年、中国はその優位性を悪用して、一夜のうちに輸出量を四十パーセントカットした。価格はそれこそ青天井で高騰した。ハイテク企業は喉にナイフを突き付けられたようなもんだが、中国のほかに購入先はない。メーカーが生産拠点を中国内に移すことを、連中は望んだんだ。交渉を重ねたあげく、中国をボイコットまでしたんだが、輸出が正常に戻るまで一年かかった」

オデガードは袖口を引き上げ、素速く時刻をチェックした。

「まあ、今大統領が企てていることを見れば、無駄な一年だったとも言えるがね。とはいえ、中国側の輸出制限で苦しめられたあと、我々は中国がどこで原料の鉱物を採取しているかに、おおいなる興味を持つようになった。連中はすでに、アフリカで大埋蔵量の鉱山を買い上げている。さらに南アメリカにも手を伸ばし、そして今、ここ北極でも稀少鉱物を探し始めた。ジャッキーは稀土元素を採掘している鉱山のある町で育ったんだ。我々はあいつなら役に立つと考えていた……ここの海床にはおそらく、膨大な量の鉱物が存在する。我々がもう中国からの輸入に頼らなくとも済むほどの量かもしれない。我々だって、北極の分け前が欲しいってことさ」

「いい加減にして、ジョン……」

オデガードが警戒するような目でアナを見返した。

「よくもぬけぬけと口から出任せを……ＣＩＡがわざわざこんな最悪の季節を選んで、

ネイビー・シールズを北極に送ってきたのよ。中国が鉱物を発見したって理由だけで、そんなことするわけないじゃない。あなたが来たのはそれが理由じゃない」

オデガードが強張った笑みを浮かべた。

「しぶといねえ……気に入った」

「あなたを気に入ってたわ、わたしも」

オデガードが幅広の鼻から息を吐いた。鼻穴からシューと音が漏れた。「わたしに言えることとは、このミッションにきみはなんの関係もないということだけだ……それもすぐに完了する。そのあとはグリーンランドに戻るだけだ。きみはそこからデンマークまで飛べばいい」

「正直、ロシアの連中を待つほうがいい」

オデガードが肩をすくめた。

「お好きなように」

オデガードはごつい結婚指輪を指先で撫でた。

「こう言っても信じないだろうが、きみのことはとても心配してたんだよ、アナ。クルド人キャンプできみを降ろしたあと……実際何が起こったんだ？　いろいろな噂《うわさ》を聞く……すべて憶測だが」オデガードが真っ直ぐアナを見つめた。

「ヤンを救いにシリアに入ったとき、何が起こったんだ？」

「余計なお世話よ」

オデガードの目に悲哀の色が浮かんだ。本物だった。何か言葉を探している様子だったが、そのときドアを開けた南部出身の兵士によって遮られた。

「ラーラ・コワルスキーがご用だと」

オデガードは溜息をつき、立ち上がった。

「きみはここに残ってくれ。この婦人をよろしく頼む」

オデガードが退室し、兵士がドアのところに立った。喉にしこりのようなものが上がってくるのを感じた。

76

　オデガードの質問で、抑えようとしてきたすべての記憶が心の中に去来した。胸が締め付けられた。喉のしこりで呼吸もままならない。耳の奥で血管が脈打つ。部屋が小さくなった。天井を見つめ、空気を飲み込むようにして肺に送り込んだ。

「おい……大丈夫か？」老人が訊ねた。

　アナはひどい苦痛を感じて、両拳で胸郭を強くこすった。さらに息を吸い込んだあと、呼吸ができると確信できるまでしばらくそのままでいた。そしてもう一度、なるだけ静かに息を吸い込んだ。

「ええ、大丈夫。ただひどく疲れているだけ」

「気でも触れたのか。アナ？」

　その言葉なら正確に憶えている。それだけじゃない。何から何まで憶えている。ジョン・オデガードはネクタイを首まできっちり締めていなかったし、コーヒーカップの持ち手には欠け跡があった。テーブル下の日陰で、パンくずを取り合うスズメが三羽ぴょこぴょこ跳ねていた。男の子が口に手を入れて歩道に座っていた。頰に黒ずんだシミがあった。鼻水を垂らしていた。母親が携帯電話の画面をタップしながら、バナナ売りの女に大きな声で話しかけていた。

本当に何から何まで。

すべてのことを憶えている。

あまりにたくさんのことを記憶していた。

「気でも触れたのか。アナ？」

オデガードはそう口走った。自分が何をしようとしているかを話したときだ。前とは別の交差点にあるカフェで話し合っていた。オデガードが乗って来たのも別の車、黒のランドローバーだった。そのときはボディガードが三人。オデガードは協力に同意した。オデガードも通常のチャンネルを通じては解決できない問題を抱えていたのだ。

「―Sのやつらは、きみの恋人だけじゃなく、アメリカ人の人質も取っているんだ」

オデガードが一枚の写真を汚れたコーヒーテーブルに差し出した。金色の指輪がキラリと光った。現場にいるときはその結婚指輪を外し、任務から戻ったときにまた嵌めるんだと、以前打ち明けたことがあった。それが日常生活に戻るための、この男なりの流儀なのだった。

写真を手に取る。ぼさぼさ頭で分厚いメガネをかけた中年の男がカメラに向かって微笑んでいた。喉仏の下に聖職者の襟《クレリカル・カラー》が覗いていた。

「名前はロバート・オライリー。ボストン出身のカトリック神父だ。カトリック救援事業組織、〈カリタス〉の任務でトルコにいた。オライリーは六ヶ月前、アレッポ市内で拉致された。ボストンにある勤務先の教会が、解放のために三百万ドルの寄付を集めた……」オデガードは頭を振り、ダイエットコークのグラスから一口啜った。「だが思うに、運悪く、ＩＳ側はこの神父をプロパガンダに使うつもりだったんだ。野蛮人めが」

計画と作戦実行の手筈《てはず》で合意を見たあと、オデガードは車で、シリア北部のクルド人支配区域、ジンディレスまで送ってくれた。

「ここまでだ」クルド人ゲリラのキャンプ入口に着くと、オデガードが降りるように促した。「うまく行かなかったら、わたしときみとは会わなかったことにする……いいね？」オデガードは笑い声を上げ、ハグすると頬にキスした。「気をつけてな」

最初、門衛二人は見知らぬ女を入れたがらなかったが、軍のＩＤと訓練中に撮影した写真を見せると、やっと納得してキャンプ司令官のところに連れて行くことに同意した。

二人に付き添われ、延々と続くテントの列を通り過ぎた。クルド人戦闘員たちが暮らすテントだった。以前はテロリストとみなされていたクルド人ゲリラは、今や、対ＩＳの戦いに友軍として迎え入れられていた。脆弱《ぜいじゃく》な同盟だった。ゲリラはイスラム戦士たちを、征服地で行ったクルド人たちに対する拷問《ごうもん》、強姦《ごうかん》、虐殺ゆえに憎悪していた。しかし、クルド人の最終目標は、西側の勢力ともトルコ軍とも嚙み合わなかった。第二次世界大戦以来クルド人は、独立国家樹立のため、ほぼ継続的にイラク、シリア、そしてトルコと敵対してきたからだった。シリアからＩＳが放逐される日が来たとして、そのとき何が起こるのかは誰にも分からない。

やがて、アイン・イッサにあるレストランのキッチンで出会った女性を見つけた。以前自爆テロから救った女兵士ヌハードだった。計画への協力を求めると、その内容を聞いたヌハードは一瞬ためらった。

「悪いけど、わたしたちだけしか一緒に行けない。車に男より女のほうが多く乗ってたら、〈ダーシュ〉に怪しまれるから」ヌハードが言った。〈ダーシュ〉とはシリアとイラクの一般国民がＩＳに与えた呼称だ。ヌハードに現代《ヒョンデ》製のバンまで連れて行かれた。サビだらけの車で、ボディ側面に二つ弾痕があった。ヌハードは荷室のドアを開け、中にあったブルカを手渡してきた。

陽光の中、黒い影のような姿で正面に立つと、ヌハードは声を立てて笑った。「狂信的ジハードが完璧な変装を提供してくれるなんて、皮肉もいいとこだわ」

出発準備が整うと、ヌハードと一緒にバンの後部座席に座り、クルド人男性二人が前に乗り込んだ。男たちはそれぞれジョロ、サマルと名乗った。

翌日早朝、アル・スワールに到着した。二箇所の検問所で停止を命じられたが、長い顎鬚《ひげ》を生やした若い男たちは、ジョロとサマルのシリア国籍を示す偽造IDを念入りに調べたものの、結局、通過を許可した。ジョロが運転するバンは、あちこち破壊された街を巧みに抜け、ゆっくりと警察署周辺の地域を通過した。やがて恰好の隠れ場所が見つかった。空き地に建つ廃工場。警察署は大通りを隔てた向かい側にあった。

夜陰に紛れて、バンはバックで工場に入った。全員が武器、水筒と軍用糧食を持ち、屋上で配置についた。代わる代わる睡眠を取り、夜のあいだ中、見張りを続けた。

双眼鏡越しに警察署を監視する。

警察署の建物はアル・スワールの中心にあり、背の高いヤシの木で一部が隠れている。建物後方には細長い光塔《ミナレット》が空に向かってそびえている。警察署正面は火災で黒く汚れ、窓はほとんどすべて割れていた。隣にはジョロとサマルが陣取っていた。二人とも民間人の恰好をしていた。年上のジョロが警察署を監視するのに使っていた双眼鏡を下ろした。その顔には、干上がった湖底のように、深い亀裂が走っていた。「何を待てばいいんだ?」

「人質よ」双眼鏡から目を離さずに答えた。ゲイルが横にいない今、自分の力で警察署までの距離と風速を計算しなくてはならないだろう。距離計の夜光数字が、焼け焦げた壁までの距離を正確に示していた。八百三十八メートル。

正午から三時間。頭が爆発しそうな気がしていた。ヌハードがサーモスとカップを持って屋上にやって来て、熱い紅茶を注いだ。

「暑いときはこれがいいのよ」カップを手渡しながら、ヌハードが言った。「これで汗をかけば、身体が冷えるの」

コーヒー党だったし、できれば水が欲しかったのだが、ヌハードの差し出した紅茶をありがたく受け取った。

「その男、よっぽど特別な存在なのね」ヌハードが言った。黒髪に半ば隠れた目が執拗に見つめてくる。「大変なリスクを冒してまで、ここに来るなんて」

「あなただってリスクを冒した。わたしに手を貸す必要なんてなかったのに」

「いいえ、これはわたしたちの戦争。わたしはクルディスタン解放のために戦っているの」

「怖くないの？　こっちは四人。警察署にはおそらく五十人のIS戦闘員がいるにちがいない」

ヌハードはただにやりと笑うと、アメリカ製M16ライフルを手にし、銃床にずらりと並んだスマイルマークのステッカーを指差した。「これまでＩＳ戦闘員を十一人地獄に送ったわ。あいつら女に殺されると、天国に行けないと信じてるんだから」

ヌハードは髪を覆ったクーフィーヤをほどいた。埃まみれでしわくちゃの布が肩に落ちた。

「わたしの髪を見せるだけで、連中はすたこら逃げて行くわよ」ヌハードはそう言って笑った。

「誰かが来る」

サマルが警察署正面にある広場を指差した。周囲の狭い通りから広場に人々が流れ込んで来ていた。双眼鏡越しに、後ろを歩いている男たちが見えた。ベルトに長い剣を差し、自動小銃を手にしている。処刑を見るようにと、住民が駆り出されているのだった。

ギーという金属音が鳴った。

双眼鏡をさっと音の方に向ける。警察署の一角にあるゲートが開かれているところだった。八人のＩＳ戦闘員が現れた。その後ろにオレンジのジャンプスーツを着た五人の人間が続いていた。人質たちだった。頭に黒い頭巾を被せられ、後ろには黒ずくめの男たち三人がついている。処刑人だった。

「車を出して」小声で指示を出す。

ヌハードが起き上がり、腰を屈めたまま屋上を横切り、階段に向かって走った。

「わたしは黒服の三人を排除する。残りはあなたがた二人でやって」ジョロとサマルに囁き声で告げる。

ウィンチェスター・マグナム・ライフルにつけたバイポッドを開き、照準器のカバーを跳ね上げる。カムフラージュ塗装を施したそのライフルは、ヌハードから借りたものだった。

「遠すぎる」カラシニコフの銃身を屋上の縁に置きながら、ジョロが言った。ジョロの隣では、サマルが自慢のオークリー社製サングラスをクーフィーヤの上にずらしたあと、第一次大戦で使われたと思《おぼ》しき古い銃を、自分のカラシニコフの隣に立て掛けた。

照準器越しに、警察署の壁に残った弾痕の一つひとつが見えた。ライフルを少しずつ下げ、ＩＳ戦闘員一人の頭部に照準を合わせた。とても若い男のようだった。おそらく十八歳になるかならないかだ。銃口をゆっくりと左に移動した。人質の頭巾が見えた。その男は大きく逞《たくま》しいタイプだった。クロスヘアーを次の人質に移動させる。痩せていて、かなり小柄だった。三番目は長身で、頭巾の下から少し髪の毛が飛び出していた。焦げ茶色のカールした髪が風にふわりと揺れるのが見えた。幅広の胸のせいで、ジャンプスーツが窮屈そうだった。

ヤンだった。

77

アナの記憶は、食堂で監視している二人の兵士が無線でメッセージを受け取ったことで中断した。オデガードがロバートと呼んだ兵が立ち上がった。

「本部室に呼ばれた」

「行ってこい。ここはおれに任せろ」南部出身の兵士が言った。

「わたしも一緒に行くかね？」老人がそう言い、立ち上がった。耳障りな嗄《しわが》れ声だった。

「いや、呼ばれるまでここで待っていてください」

老人が椅子にどかりと腰を下ろした。ロバートという兵士が退出した。もう一人の兵士がドアをブロックする恰好で立っている。人差し指を用心鉄《トリガーガード》のすぐ下に置いている。

〈楽ができたのは昨日まで〉訓練をともにしたシールズの連中がよくそう言っていた。日に日に厳しさを増す訓練にも挫《くじ》けない強い心——それを持たせることがこの標語の目的だった。それにしても、北極へ派遣されたことに関して、この兵士はどれだけのことを知っているのだろう？　それともただ、二人のＣＩＡエージェントのボディガードをやるようにと命令されただけなのだろうか？

アナは老人に目をやった。おそらく八十歳は優に超えている。目など皮膚のたるみに隠れてしまっているほどだ。薄い口髭。その上にある鼻には、黒ずんだ血管が浮き出ている。帽子のつばにある金糸のレタリングが、〈アメリカ海軍艦艇スケート《USS Skate》〉であることに、アナはようやく気付いた。この老人は海軍にいたのだろうか？　ではなぜ、北極に連れて来られたのだろう？　が、アナはすぐに詮索《せんさく》するのをやめた。アナの視線が食べ残しのご飯へと動いた。老人の頭が箸で二分割された。

〈現在地より目標を視認〉

それがジョン・オデガードに送ったメッセージだった。オレンジ色のジャンプスーツを着た人質が警察署から連れ出されたのを見たとき、ヤンがその一人であるのを知ってすぐのことだ。

ＣＩＡは衛星電話経由でこちらの位置を正確に知ることができる。そのことは分かっていたが、人質が殺されるまでに残された短い時間で、ＣＩＡに何ができるかに関しては、皆目《かいもく》見当がつかなかった。が、少なくとも、人質発見の事実はオデガードに伝わったわけだった。自分に振られた役割は果たしたのだ。電話を置き、照準器越しに見えるものに神経を集中した。一人のIS戦闘員がヤンの正面にカメラを載せた三脚を据えた。ISは常に処刑の映像を自らのウェッブサイトに上げる。脈拍が速くなるのを感じ、呼吸を整えた。これほど長い射程では、ほんのかすかな動きのせいで、目標から数メートルも外れることがある。

もう一人のIS戦闘員が、右端に立っている人質に近付いた。頭に巻いたスカーフの奥に、はっきりと目が見えた。戦闘員は人質の頭巾を取った。男だった。

灰色の頭髪。オデガードが見せてくれた写真の男より痩せてはいたが、縁の厚いメガネは同じものだった。ボストン出身のカトリック神父、ロバート・オライリーだ。顔から汗が滴り落ちていた。困惑した表情だった。いきなり眩《まぶ》しい光に晒《さら》されて、盛んに瞬きしていた。照準器越しに、オライリーが唇を動かしているのが見えた。神父はこれから起こることを理解していた。神に祈っていたのだ。IS戦闘員が何事かを言ったあと、神父の両肩を摑んで身体の向きを変え、カメラの真正面に立たせた。銃口をゆっくりと左に向けた。別の戦闘員がヤンの真後ろに立っていた。この戦闘員は顔を隠していなかった。薄い顎鬚がはっきり見えた。この若者がヤンの両肩に手を置き、カメラの方を向かせたあと、頭巾を外した。

ヤンの顔が照準いっぱいに広がった。

ヤンは真っ直ぐに自分を見つめていた。目の下に黒いクマが出来ていた。瞳は快活さも情熱も失っていた。何週間もの人質生活のせいで、顔が蒼白かった。被せられた頭巾のせいで髪の毛がほつれていた。

戦闘員たちは、人質全員の頭巾を外しおえると、大声で呼びかけたい衝動を抑えた。

一人別の黒い服を着た男が警察署のゲートから現れた。それと同時に、もう二メートルを超える長身で、驚くほどの巨体だった。ほかの戦闘員たちが敬意を表し、怖れをなして、道を空けた。ずっと小柄な男がコバンザメのように巨人の後ろについた。巨人は巻いたホースの輪を肩に通していた。ホースの先は手に持った長いパイプに繋がっていた。

黒服の巨人が人質の正面で止まった。巨体が地面に黒い影を投げた。地獄への入口のようだった。小柄な男が巨人の背にある何かにスウィッチを入れた。パイプの先から炎が出た。

巨人は焼け焦げた壁の方に身体を回し、パイプの先を向けた。火炎放射器から橙黄色の炎が噴き出し、嵐が防波堤を襲うように灼熱《しやくねつ》の大波が壁に押し寄せた。炎は壁を広がり、黒煙が渦巻き立ち昇った。

人質たちの叫び声が聞こえた。

照準器越しに巨人の背に載った火炎放射器の燃料タンクが見えた。槓桿《コツキングレバー》を引いた。

「よっし！」鋭い声で叫び、引鉄の、最後の一ミリを絞った。一秒かかった。マグナム弾がウィンチェスターのサイレンサーを通過する低い銃声が聞こえた。弾丸が命中した。燃料が爆発した。

小柄なコバンザメと処刑人が三人、閃光の中に消えた。巨人が炎に包まれ激しくもがいた。腕は燃やし尽くされ、焼け焦げた付け根だけが残った。巨体の処刑人は崩れ落ち自らの造った地獄に食い尽くされた。

人々が悲鳴を上げた。処刑を見るようにと駆り出された住民が広場から逃げた。

「車を出して！」トランシーバ越しに大声でヌハードに命じた。バンは下の廃工場内に駐めてあった。ヌハードはエンジンをかけたまま、車内で待機していた。

人質たちの方にライフルを向ける。照準越しに、燃える処刑人たちの前で身をすくませ立ち尽くしていた。二人のＩＳ戦闘員を除く全員が警察署のゲートに向かって走って行く。若い戦闘員がヤンの身体を押さえ頭を摑んでのけ反らせると、叫び声を上げながら、喉元に長いナイフを当てがった。

目が目標を捉えた。クロスヘアーが若い戦闘員の胸でぴたりと止まった。最後の一ミリを絞るタイミングは、本能に任せた。

銃声が鳴った。

ヤンの顔が血にまみれた。

突風が弾道を数センチずらし、戦闘員の胸上部に命中するはずの銃弾が喉に当たったのだ。男が首から血を噴き出させながら地面に倒れると同時に、ヤンは横っ跳びした。もう一人の戦闘員が発砲した。自動小銃が手の中で激しく揺れていた。人質一人のジャンプスーツに赤い穴があくのが見えた。風を計算して照準器を調整し、再び発砲した。銃弾が胸に命中し、戦闘員の身体が後ろに吹っ飛んだ。

ヤンへの差し迫った脅威が去るとすぐ、照準から目を上げ、戦いの跡を俯瞰《ふかん》した。ジョロとサマルのカラシニコフが、すぐ隣で銃声を上げた。クルド人は銃弾を無駄にしない。クラクションの鳴る音が下から聞こえた。バンが道路に飛び出し猛スピードで警察署に向かっていた。

不安を覚えた――ヌハードの運転するバンが救助のためにやって来たことを、ヤンとほかの人質三人は理解するだろうか？　ヌハードが再びクラクションを鳴らした。ヤンはバンの方を見ると、オライリーの肩を叩き、駆けだした。ほかの二人が続いた。人質たちは後ろ手に縛られていて、転ばないように、突っ立ったままの恰好で走らなければならなかった。

燻りつづける処刑人たちの死体と並んで、警察署の正面に二人の戦闘員が地面に横たわっていた。死んでいるようだった。人の消えた広場から煙が垂直に立ち昇り、薄青色の空に黒い傷痕のような筋を引いていた。残りの戦闘員はすでに警察署内に逃げ込んでいた。建物内部から散発的に銃撃があるが、ジョロとサマルが効果的に発砲して、敵を釘付《くぎづ》けにしていた。

すでにヌハードはすぐ近くまで達していた。照準器越しにはっきりとヤンの姿が見えた。バンに向かって走っていた。自由まで、ほんの五十メートルだった。

78

アナは記憶から自分を引き剝がし、目を開けた。相変わらず、息が苦しい。何も考えないようにした。

〈すべては頭の中でのこと。肉体的には悪いところは何もないです〉救急病棟の若い医者はそう言った。通りすがりのフランス人旅行者に、トロムソの北極教会への道を訊ねられたとき、通りで倒れ救急車で搬送されたのだった。〈パニック発作ですよ。前にも似たようなことがありました？〉

一時間後、医師は不満顔をして戻り、どうしてあなたの医療記録にアクセスできないのかと訊いた。自分にはまったく見当もつかないわ、というようなことを呟いたあと、医師にタクシーを呼んでくれと頼んだ。それ以降、トロムソでは、実家の郵便受けより遠くには出て行かなかった。

ドアがバタンと鳴って、ロバートが食堂に戻って来た。「あっちの部屋のケーブルに問題があるんだ。おれよりそっちのほうが詳しいだろう?」

南部の兵士が苛立った様子でロバートを睨み返した。「民間人の前で任務について口にするな」

ロバートが黙り込んだ。

老人が再び立ち上がった。「わたしにできることはあるかね?」

「いいえ、向こうの準備ができるまで待機してください。ロバートが連絡を受けるでしょうから」南部の兵士はそう言うと、キャビンから出て行った。ロバートがドアのそばに立った。アナはロバートが興味深そうな目で自分を見ていることに気付いた。

「出身は?」アナは訊ねた。

「自分はあなたと話す許可を得ていません」ロバートは視線を逸らした。

アナは老人に目をやった。「失礼だけど……どなたなのかしら?」

「わたしも同じくきみと話す許可は得てないんだ」老人はそう答えると、ロバートに視線を飛ばした。「が、名前はダン・モートンだ。きみは誰だ?」

「わたしはアナ・アウネ。ノルウェーの……」

ロバートの目が二人のあいだを行き来した。「話をやめるんだ!」アナは若い兵士を睨みつけた。やがてロバートは目を逸らした。アナは胸の前で腕を組み目を閉じて、呼吸を整えた。

暖かいシリアの太陽が暗闇に射した。

スナイパーの弾丸が命中するまで、銃声は聞こえなかった。

ーSスナイパーのライフルが発した銃声が耳に届くのと同時に、バンの助手席側ウィンドウが粉砕された。車が蛇行し始めた。一瞬、不安が頭をよぎる——ヌハードが撃たれたのではないか？　が、すぐにバンは態勢を立て直し、再び人質の方に向かった。警察署に銃口を向けた。破れた窓が無数にある。スナイパーはそのうちの一つから撃ってきているのだ。

「警察署にスナイパー！」ジョロとサマルに向かって怒鳴った。「発射炎を特定して！」

スナイパーが発した次の銃弾はオライリーの隣を走っていた人質に命中した。男は倒れ地面に突っ伏した。

「塔だ！　やつは塔にいる！」サマルが、細長いミナレットを指差しながら叫んだ。

ミナレット頂上に立つ柱と柱の隙間に狙いをつける。人の姿は見えなかったが、とりあえず、一発放った。銃弾が発生する超音速衝撃波を受ければ、スナイパーは自分が発見されたことを知り、身を隠すために動くだろう。そうさせるのだ。

下の道路では、バンが横滑りしキーと音を立てて、ヤンと人質二人の前で停止した。数秒後には三人とも車内に入るだろう。ヌハードは壊れた助手席側ウィンドウから警察署に向かって小銃を連射し、人質たちが車に乗り込むあいだIS戦闘員たちを釘付けにした。

ミナレットで発射炎が光った。それと同時に、銃弾が屋上の縁に命中した。顔にコンクリートの破片が降り注いだ。スナイパーに見つかったのだ。狙いをつけずに、塔に向かって撃ち返し、再装塡するとライフルを胸に引きつけ、奥にある換気筒まで屋上を転がって行った。

ジョロとサマルが隣に素速く跳び込み身を伏せた。ライフルを構えた。バンがUターンし始めるのが見えた。警察署に隠れたIS戦闘員たちが発砲した。地面からもうもうたる土煙が上がり、バンが見えなかった。だが、ジョロとサマルがカラシニコフを連射しつづけると、戦闘員たちはまた身を隠した。

「何やってるの、急いで」呟きながら、照準越しにバンを追った。工場まで四百メートル。そこまで行けば安全だ。

突然バンが停車した。助手席のドアが勢いよく開いた。オレンジ色のジャンプスーツを着た男が跳び出した――ヤンが駆けだした。撃たれたときと同じ場所に横たわったままの人質に向かって走って行くのが見える。身体中に無力感が伝わっていくのを感じた。ヤンの両手は、結束バンドが切られて、自由になっていた。動かない男のところまでたどり着くと、ヤンはその身体をしっかりと摑み、バンの方に引きずり始めた。

警察署から何人かの人間が走り出た。だがまだ距離があった。アナは塔の方に向かって五発撃ち、間髪を容れず再装塡した。

今やヤンはバンのすぐそばまで来ていた。オライリー神父が荷室のドアから両腕を差し出している。神父が怪我人の身体を抱え車内に引き込んだ。突然、ヤンの真ん前で土煙が上がった。大口径マシンガンの腹に響くような音が断続的に聞こえた。警察署の背後から装甲車が現れた。屋根に具えられたマシンガンがおびただしい数の弾丸を吐き出した。マシンガンの背後に陣取った戦闘員の上半身に狙いをつけ、引鉄をひく。射撃手は開いたハッチに落下した。マシンガンは鳴りを潜め、がっくりと銃口を落とした。

ジョロとサマルも、マシンガンに向けて銃撃したが、弾丸は装甲車の側面に当たり、なんのダメージを与えられなかった。ヌハードが、ムチウチになりそうな猛スピードで運転していた。バンは石やくぼみを乗り越え、車体を激しく揺らしながら工場に戻って行った。

ヤンは車内にいない。

バンの残した土煙の中、三人のＩＳ戦闘員がヤンを取り囲み警察署に駆け戻ろうとしていた。弾倉にはもう二発しか残っていなかった。照準に最初の男の上半身が入った。ライフルが火を噴いた。男が倒れた。薬室に最後の弾丸を送り込むのに、四分の一秒かかった。残った二人の戦闘員は仲間が倒されたのを見てヤンをその場に倒し、慌てて地面に身を投げた。だが、その身体が地面に達するより早く、最後の弾丸が一人の男に命中した。

「ヌハードに引き返せって言って！」新しい弾倉を掴もうとサイドポケットを手探りしながら、ジョロに向かって叫んだ。こうなると以前にも増して、ゲイルのいないことが恨めしかった。スポッターのゲイルがいたら、最後の弾を撃つ前に、新しい弾倉を用意してくれただろう。そう思いつつ、弾倉を差し込み再装填した。

照準器越しに、最後の戦闘員が見えた。ヤンを身体の上に載せて地面に伏せている。盾代わりにしようというのだった。オレンジ色のジャンプスーツは、腰から下が吸い込んだ血で真っ赤に染まっていた。ヤンの顔がはっきり見えた。まぶたが開かれ、瞳が陽光に輝いていた。

生きている。

ＩＳ戦闘員はヤンを引きずりながら後退し始めた。警察署に戻るには、このフランス人医師だけが頼りだと分かっているのだ。しかし、這い進むときの動きのせいで、上半身が起き上がっていた。汗に濡れた制服についた名札が読み取れた。ニックネームが英語で書かれていた。〈ハゲ〉。戦闘員の頭は最早、ヤンの身体では隠しきれなくなっていた。ライフルを数ミリ調整し、クロスヘアーの交点が〈ハゲ〉の額中央に来るようにした。

半ば開けた唇からゆっくりと息が出た。耳の中で、脈動が聞こえた。指がほんのわずか、遊びの分だけ、引鉄を絞り込む。クロスヘアーの交点がぴったり戦闘員の額に落ち着いた。射撃練習場で指導教官たちに何千回となく聞かされ、頭に刷り込まれた言葉が蘇《よみがえ》った。「引鉄をひく瞬間は、無意識の意識に委ねろ。無理に撃とうとしてはならない」耳の脈動が高鳴り、やがてまた鎮まるのを感じた。

引鉄を絞った。

79

アナは食堂のテーブルを思い切り押しやり、ガチャンとひっくり返した。ボウルが床を転がり、箸がころころと転がった。

ロバートがライフルを構えた。肩に床尾を押し付け、ドアから二歩近付いた。

「椅子から動かないように」

アナは立ち上がり呼吸をしようとしたが、できない。胸の筋肉が攣って動かないのだ。トンネルの壁が視野を狭めた。太ももがブルブルと震えた。足が萎《な》えた。アナは膝をついた。遠くからダン・モートンが叫ぶ声が聞こえた。

「おい、なんとかしてやれ、きみ！」

目の前に延びるトンネルの幅がどんどん狭まっていく。目を閉じる。〈これはただの映画。記憶に殺されることなんてない〉アナは両腕で頭を抱えた。

「呼吸はできるか？」

アナは目を開いた。見上げると、ロバートが立っている。がぶりと息を吸った。頭がはっきりしてきた。憤怒が不安を追い払った。

「何？」アナは訊ねた。

ロバートが腰を折った。

「呼吸はできるか？」

アナは片手を後ろにやった。

「何を言ってるのか聞こえない」アナは囁き声で言った。

ロバートの顔がさらに近付いた。

「医療班を呼ぶから――」

アナがロバートの喉に箸の一本を突き付けた。ロバートは大声を上げた。

「動いたらずぶりとやるわよ！」

アナは相手のライフルを掴むと、スリングのバックルを外し引きちぎるようにして取り上げた。

「そんなことできや……」アナが箸の先を皮膚にちくりと刺した。血が滴った。空いた手で頭を引き寄せる。ロバートは再び大声を上げた。

「できるわよ……わたしの言うとおりにしないならね」

ロバートは、アナの予想どおり、首を後ろにひねった。

アナは握った拳で耳下の神経をしたたかに殴った。ロバートはがくんと後ろ向きに倒れ、床に伸びた。ロバートの身体に覆い被さり、太もものホルスターに入ったピストルを引っ張り出すと、ヘクラー&コッホのライフルともども、部屋の奥に蹴り飛ばした。それから素速くボディチェックをして、腰に巻いたベルトに留めた鞘《さや》から小型のナイフを抜き取った。

アナは立ち上がると、ダン・モートンに歩み寄った。老人は相変わらず、テーブルの奥に立っていた。

「お願いだ、乱暴はよしてくれ」モートンが言った。

「あなたを傷つける気はない。ここで何が起こっているか、話してくれさえすれば」

「な……なんのことだ?」

「どうしてここに来たの? どんなことで、CIAに協力してるわけ?」

「それは話すわけには……刑務所に入れられちまう」

アナがさらに近付くと、モートンは後退り、キッチンのオーブンにぶつかった。

「CIAがあなたにどこまで話したか知らないけど……この二十四時間で十四人の人間がここで殺された」

モートンが目を瞬いた。たるんだまぶたの底にある目が、濡れたガラス玉のようだった。「そ……そいつは知らなかった」

「そのうち一人はわたしの仲間、ダニエル・ザカリアッセン。ダニエルもCIAの協力者だった……そして、ここで起こっていることのせいで殺された」

「それはわたしの責任じゃない……そんなこと、何も知らなかった。誓ってもいい。わたしはただ、潜水艦の確認をしろ、と言われただけなんだ」

「潜水艦って？」

モートンは一瞬ためらった。「ＣＩＡが発見した潜水艦だ……ロシアの」

アナは三Ｄヘルメットの中で見たものを思い起こした。奇妙な筒状の物体が三つに割れ、海床の亀裂に横たわっていた。ジャッキーは、中国のレーダーによる海底のスキャン・データを調べているときに、その潜水艦を発見したにちがいない。そして、ジャッキーが雇い主、すなわちＣＩＡにそのデータを送ると、そこの誰かが、発見を秘匿《ひとく》しデータを削除するよう命令した……その作業をやっている最中にチァンが現れて、ジャッキーは動転したのだ。それがすべての始まりだ。このときの殺人が、大量虐殺の端緒だったのだ。

「その潜水艦について、なぜあなたは知ってるの？」

モートンは怯えきった表情でアナを見た。「これ以上は言えない……五十六年間ものあいだ、誰にも言ったことがない。秘密保持の誓約書にサインしなくちゃならなかった。死んだ女房にだって言ったことはない」

アナはモートンに、皮膚の毛穴すべてが見えるほど近寄った。目の下に深い皺とたるみがある。長年の不安と後悔が肉体にくっきりと刻まれた跡だった。アナはモートンの被った帽子を取り、きれいに禿《は》げた頭に手を置いた。湿って温かかった。帽子を見る――USSスケートと書かれたレタリングを見る。

「わたしが何を考えているか分かる、ダン？」

「いや……」

「あなたは潜水艦の将校だった」

「ああ」

「そしてあなたは以前ここに来たことがある……北極に」

モートンが黙って頷いた。

「で、五十六年前に何があったの？」

「そのことを話すわけにはいかないんだ」

「その潜水艦について知っていることを話したら、うんと気が楽になるわよ、ダン。肩の荷を降ろしたら？」

アナは手をダンの頭から首に滑らすと、そのまま優しく握った。モートンが目を瞬いた。下唇が震えていた。

「お願いだ、乱暴はしないでくれ」モートンは床に倒れているロバートを見やった。

「知ってることを話してくれるだけでいいの」

老人が涙を流し始めた。「ジョン・オデガードにも言ったんだ。わたしには連中を殺すつもりはなかったんだ」かすれ声だった。「誓ってもいい。本当なんだ。ロシアの連中には、かわいそうなことをした。殺す気なんてなかったんだ」

80

「一九六二年のことだ。わたしはある潜水艦の副長を務めていた」モートンが言った。

「キューバ危機の真っ只中《ただなか》、我々はムルマンスクに派遣された。港を監視するためだ。皆、途轍《とてつ》もないプレッシャーを感じていた。キューバ・ミサイル危機が最高潮に達した頃、我々はキングズベイの海軍潜水艦基地を出航したんだ……キューバ島は包囲されていた」

「キューバ・ミサイル危機に関しちゃ、わたしもよーく知ってる。要点を話して」

モートンは咳払いをし、鼻をすすった。気絶したロバートの無線機から声がした。ヘリコプターのエンジンをかけておけという命令だった。

「一週間後、ムルマンスクの外洋で潜水中に……ソナーに反応があった。ソ連の潜水艦であるのは確かだが、それまで聞いたことのないスクリュー音だった。新型の潜水艦だ。大西洋艦隊潜水艦部隊《COMSUBLANT》から追跡命令が出た。ネコがネズミを追いかけるような状態が何日か続いたあと、ソ連艦が北極下を抜ける針路を採った。それから一日、ソ連艦がいきなり速度を落として、旋回し始めた。そのときわたしは当直だった。気付かれたと思った。ソ連艦に発見されたと」

　モートンは話を続けた。呼吸が荒くなった。

「で、そのとき聞こえたんだ。身の毛のよだつような怖ろしい音が……潜水艦乗りならだれでもそう思う音だ。ソ連艦が魚雷ハッチを開けた音がしたんだ。ソナー係が水中に発射された音を捉えた。真っ直ぐ我々の方に向かっている。わたしは取舵《とりかじ》一杯、魚雷二連射の命令を下した。艦長に急を知らせる時間もなかった、そのとき即、決断をしなくてはならなかった。皆、もうダメだと思ったんだ。

　三十秒後、上の方から氷が爆発する音が聞こえた。それが何を意味するのか、分かったときには手遅れだった……ソ連の連中はただ、氷を粉砕して海上に出ようとしていただけだったんだ」消え入るような声だった。モートンは少しのあいだ押し黙った。

「氷の爆発音が聞こえてから一分十一秒後に、我々の魚雷がソ連艦に命中した。一つは不発だったが、二番目のやつが当たった。それでじゅうぶんだった……あの怖ろしい音を忘れることは決してないだろう……ソ連艦の外殻が破壊され沈んでいく音だよ。水深ほぼ三千メートルの海底へとな。かわいそうに、連中は死ぬことすら分からず死んでいったんだ」

　モートンの目から涙が流れ落ちた。

「アメリカの潜水艦が一九六二年に、ソ連の潜水艦を誤って沈めたって、言ってるわけ？」

「そうだ」

「で、その事実がこれまで隠されていたと？」

「ああ……基地に戻ると、軍情報部とＣＩＡが埠頭《ふとう》で我々を待ち構えていた。誰一人下艦を許されなかった。情報部が数日前にソ連艦の無線連絡を傍受してたんだ。艦長がモスクワに原子炉の一つに不具合があると知らせていた。おそらく、氷下を航行中に危機的状況に陥ったのだと思う。我々が追跡しているなんてことは、知りもしなかった。我々に向かって撃ったんじゃない……氷を粉砕して穴をあけるために、魚雷を発射した。浮上しようとしただけ、なんとか助かろうとしていたにすぎないんだ」

モートンは声を上げて泣き始めた。皺だらけの頰《ほお》から涙が滴り落ちた。「だが、そんなこと分かるわけがなかった。ソ連艦が我々に向けて魚雷を発射したと思った……正しいと考えたことをやった。それだけだ……訓練されたとおりに、自艦を守ったんだ」

「じゃ、このことは一度も表に出なかったわけね。ソ連のほうは潜水艦内で事故があったと考えていたから」

「そうだ……海軍はわたしに口を噤《つぐ》んでいるように誓わせたしな。乗組員は全員、艦を降りる前に秘密保持の誓約書にサインさせられた。それを破った場合には、生涯監獄暮らしになると言われたよ……それも独房で。あのとき何が起こったのかロシア側が知ることになったら、核戦争に繋がりかねん」

「それで今、ＣＩＡがそのソ連艦を確認するのに、あなたの力を借りようとしている？」

「そのとおりだ。夜中に電話がかかってきた。十分後には車が迎えに来たよ。荷造りする暇さえなかった」

　突然外で音がした。

誰かがこのキャビンにやって来る。

81

「動かないで。何も喋っちゃダメ」

アナはドアに向かった。壁に身体を押し付ける。直後にドアが開いた。南部の兵士が入って来る。モートンの涙に濡れた顔と床に伸びているロバートの姿に気付いた。

その瞬間、アナはその背後に踏み出し、兵士の喉にナイフを押し当てた。

「武器を捨てて」

耳障りな低い声で兵士が言った。「あんたまともじゃないな。ここから逃げ出せると思っているのか？」

アナはナイフの刃を首に押し付けた。

「武器を捨てるの、分かった？」

兵士はオートマティッククライフルとピストルを床に放った。「ここは北極だ。逃げる場所なんてないぞ」

「逃げようなんて思ってないわ」アナは兵士をドアの外に押し出し、そのまま本館に向かって進んだ。

庭を隔てて反対側、オデガードとジャッキーがいる部屋の前には相変わらず二人の兵が立っていた。南部の兵士とともにやって来るアナを見ても、最初、なんの反応も示さなかったが、すぐに一人が指差した。

「ナイフを持ってるぞ」

二人がライフルを構えた。

「止まれ！　兵を放せ！」

アナは南部の兵士の背中に身体を押し付け、二人の方にぐいと足を踏み出した。

「止まれ！　撃つぞ！」

「ＣＩＡ指揮官、こちら衛兵。女が人質を取ってます」一人がライフルをアナに向けたまま、無線機に向かって喋っている。「例のノルウェー人が逃げ出しました」

アナは南部の兵士を二人に向かって押し出した。

「武器を捨てなさい」

衛兵たちはライフルを降ろさなかった。

「止まれ！　撃つぞ！」

アナはそのまま二人に向かって歩きつづけた。南部の兵士の息が荒くなった。汗の匂いがした。

衛兵の後ろでドアが開いた。

ジョン・オデガードが現れた。

「いったい、何をやってるんだ、アナ?」

「ジャッキーに用がある」

オデガードが乱暴に手を振り回しながら言った。「わたしの言ったことを聞いていなかったのか? ジャッキーがここにいた皆を殺したなら、必ず処罰する。こんなばかげたことをするな。ナイフを下ろしてくれれば、今回のことは忘れよう。きみが地獄のような体験をしたことは理解している。だが、一時間後には我々全員ここを脱出できるんだ。わたしのところに来てくれてもいい。そして夏の日差しを浴びるんだ」

「あなたがなぜここにいるか分かったわ……ダンがすべて教えてくれた」

オデガードが庭に視線を走らせた。「本当に知っているなら、この任務がいかに重要か、きみにも分かるはずだ」

「あの中国人たち二人を、両方ともここに連れて来るのよ」アナは怒鳴った。「マルコとジャッキーをね」

「それができないことは、きみにも分かるだろう、アナ?」

オデガードは二人の衛兵に合図した。衛兵はドアに身体を寄せた。オデガードはジャケットの内側に手を入れピストルを取り出すと、撃鉄を起こし、銃口をやや上げた。

金属に反射した光が、照星の下で揺らめいた。

「そろそろ諦めてくれないかね、アナ？　こんなことは、早く終わらせてしまおう。さっさと荷造りして帰ろうじゃないか。きみがここにいる意味はないんだ。トロムソに帰って、しばらく家族と過ごせ」

「ジャッキーを逃すわけにはいかない」

「やつなら逃げはしないさ。我々が確保してある」

「処罰されるってわけ？」

オデガードは背後のドアにちらりと目をやった。ちゃんと閉まっているかどうかを確認したのだ。

「もちろん。やつが有罪だと分かれば」

「信じられないわ」

オデガードがかすかに首を傾げた。既存データ皆無の、新発見生物を見ているような態度だった。「そうかね、そいつは残念なことだが、わたしにどうこうできる話でもない」

「ジョン、あっちにある建物にいる人たちを見た？　どんな死に方をしたか見たの？　あなたが守っているのは、あの人たちを殺したやつなのよ」

オデガードの表情が険しくなった。「きみに答えるべきことは何もない。わたしはアメリカ合衆国政府を代表してここに来ている。きみに残された選択肢は単純明快だ——その兵を解放し、ナイフを捨てる。これが最後の警告だよ」

目の隅に銃を構える二人の衛兵が見えた。距離三メートル。二人が撃ち損じることはあり得ない。二人の影から突き出たライフルの銃身が、槍の鋭い穂先のように見えた。人質にしている兵士の荒い息が聞こえる。制服の下で心臓が激しく脈打っているのを感じた。この男を殺すことはできない。もう出口はなかった。

憤怒は破り得ない壁に跳ね返されたのだ。あがいたところで、結局は氷に仕留められるだろう。もうできることはない。

ヤンは死んだ。

ダニエルも死んだ。

それに自分も、疲労から解放されることがない。骨の髄《ずい》まで消耗しきっている。兵士の喉元からナイフがすっと離れた。アナはナイフを落とし、兵士の背中を押した。

オデガードがピストルを下ろした。

「ありがとう」オデガードが言った。

衛兵たちが近付き、アナの腕を掴んだ。

「その必要はない」オデガードが言った。「すったもんだもこれでおしまいだ。そうだろう、アナ?」オデガードはピストルをジャケットの内側に戻すと、アナに歩み寄った。「放してやれ」衛兵はアナの腕を放し、姿勢を正して二、三歩退がった。

「今まで言ったことはなかったが、わたしにもきみくらいの歳になる娘がいた」オデガードは静かな口調で言った。「エリーは素晴らしい人間だったよ。でも、わたしは世界を救う仕事に忙しくてね、家にいられなかったんだ。ソウルにいたときだ。ある晩、家内が電話をかけてきた……エリーが、家から百メートルほどのところでゴミ収集車に轢《ひ》かれたと……わたしが北朝鮮の武器密輸業者を捕まえることに忙殺されていたときのことだった」

オデガードがアナの肩に手を置いた。

「エリーを亡くしたとき、わたしはもう、何事にも意味を見出《みいだ》せないだろうと考えた。だが、別に二人、息子がいてね、連中もわたしを必要としていた。だからなんとか皆で乗り越えたんだ……時間はかかったがね」

オデガードの灰色の目に銀色の小さな光が宿った。オデガードはアナの肩を軽く抱いたあと腕を離した。

「命を大事にするんだぞ、アナ」

鳴り響くサイレンが、突然、冷気を切り裂いた。

82

甲高《かんだか》いサイレンの音は建物内部から聞こえていた。カン、カン、カンというような鋭い音だった。衛兵が振り返り、不安げに建物を見やった。

オデガードが足を運び、ドアを開けた。

「この音を止めてくれ、ラーラ」オデガードが中に向かって怒鳴った。

部屋の中ではジャッキーがラップトップに向かって立っていた。一人の兵士が蓋《ふた》の開いた緑色のケースの前で、床に膝をついている。ケースからはケーブルが出ていて、それが海中に降りていた。

ラーラが中国語で何事かジャッキーに声をかけた。ジャッキーがヒューズパネルの隣にある箱を指差した。ラーラが足を運び箱を開け、ブレーカーを下ろした。サイレンがぴたりとやんだ。張り詰めた息遣いが束の間の沈黙を満たした。

「なんだったんだ？」オデガードが訊いた。

「ジャッキーはメタンガスの警報だと言ってる。部屋の換気をしなくては」ラーラが答えた。ジャッキーが何か別のことを言って、ラップトップの方に手を振った。ラーラが歩み寄り、スクリーンに身を乗り出した。

「ジョン、これを見て」

オデガードが室内に入った。衛兵二人はアナを挟むようにして立っている。が、蹴っても殴っても、届きそうもなかった。南部出身の兵士は首をさすりながら怒った表情で睨みつけてきている。部屋の中でマルコがオイルの缶を手に、梯子に乗って立っていた。隣には上のタワーに向かっているケーブルがある。マルコはアナの方とスクリーンの映像を交互に見ていた。

スクリーンが放つ光のせいで、オデガードの顔が青みがかって見えた。「ダン・モートンを連れて来てくれ」

南部の兵士が、駆け足で食堂に戻って行った。

オデガードがアナを手招きした。「入りたまえ」

「ダメよ。あの女をここに入れては」ラーラが抗議した。

オデガードはラーラの言い分を無視した。「アナはすでに、我々がここにいる理由を知っている。入れるんだ」

衛兵二人が後ろについたまま、アナは部屋に入った。ラップトップのスクリーンに近付くと、ジャッキーが、自分の後ろに立っている兵士たちにぶつかるまで後退った。

スクリーンには海床からの映像が表示されていた。丸い形状。半分、堆積物《たいせきぶつ》に埋もれ、岩肌に黒い影を投げかけている。緑のケースのところにいる兵士が立ち上がって、灰色をした物体の中央にある突起を指差した。

「ここにあるものが潜水艦外殻で、この突起が司令塔の残骸です」

外殻の表層プレートが、魚雷攻撃を受け沈没した際の圧力で湾曲している。司令塔が堆積物から突き出し、水圧で表層の金属が水圧で凹んだところから、肋材《ろくざい》がはっきりと見える。スクリーンの向こう側に、ジャッキーが見えた。じっと立ったまま動かない。ラーラの背中を見つめていた。憎悪ゆえなのか欲望ゆえなのか、それは分からなかった。

外から雪の軋む音が聞こえた。モートンが、南部の兵士に伴われ、ゆっくりと歩きながら到着した。モートンは氷の穴を取り囲んでいる人々を不安そうな表情で見た。オデガードが歩み寄り、モートンの背中に優しく手を置いて、ラップトップの前に案内した。「沈没艦を発見した。あなたの沈めた艦はこれかな?」

モートンは無言のまま、残骸をじっと見つめた。

「そ……そう簡単なことじゃないんだ」やがてモートンが言った。

「もっと接近できます」兵士がキーボードのボタンを一つ押した。沈没艦を撮影しているミニ潜水艇が潜水艦の司令塔にさっと近付いた。灰色の物体がスクリーンいっぱいに広がった。堆積物の層に半ば隠れた文字と数字が見えた――ＫＳ二。

「ああ、これで見える……Ｋ二……Ｓは通常、実験用プロトタイプを意味する。この艦は最初期型のノヴェンバー型原子力潜水艦だ」モートンはそう言うと、鼻をすすり頬をこすった。

「そしてここが、もうひとつの物体がある場所」ラーラはそう言って、スクリーンの一箇所を指差した。潜水艦の残骸がある場所を示している。兵士がミニ潜水艇を遠くに移動させた。くねくねとした長い魚が破れた外殻から泳ぎ出た。アナは死んだソビエト人乗組員のことを考えた。遺体はまだ中にあるのだろうか？　だとしても、これほど長い時が経過した今でも、人間らしい何かがまだ残っているものだろうか？　遺族が埋葬できるような何かが？

　ミニ潜水艇からの光が岩肌を照らし出した。アナはオデガードに目をやった。スクリーンを食い入るように見つめている。

「そこ！」ラーラが指先でスクリーンをトンと叩いた。「あれが魚雷よ」

ラーラはモートンを引き寄せ、スクリーンに近付けた。「間違いないんじゃない？　あれがあなたの発射した魚雷でしょ？」

　モートンが目を凝らした。長い円筒状の物体が、海床の堆積物にほとんど埋まった状態で横たわっている。「ああ、マーク三七魚雷だ」モートンが言った。「あの日、同じタイプを二発発射した。一発は不発だった」

アナはその言葉に隠された意味を読み取ろうとした。頭の上の方では、梯子に乗ったマルコがスクリーンを見つめている。アナはマルコが手にしたスパナとオイル缶を見た。マルコは何を修理しているのだろう？　氷の上方に開いた穴を見やる。爆発物を吊り上げていた金属製バスケットが消えていた。目の隅にリモコンを手に取る兵士が見えた。リモコンは緑のケースにケーブル接続されている。ミニ潜水艇のロボットアームがスクリーンの隅に入って来た。金属製の爪から黒い箱が吊り下がっている。

「爆薬装塡完了。準備オーケイです」

兵士がボタンを押した。

アームの爪が魚雷に近付き、凹んだ外殻に黒い箱を置いた。

「魚雷を抜き出します」

爪が広く開き、金属製の指を畳んで円筒形物体を摑んだ。引き上げ始めると、灰色の堆積物が海床からもくもくと上がった。

「魚雷が海床から離れました」兵士が言った。

ラーラの声が聞こえた。「バスケットに収容したら引き上げて。わたしたちはすぐここを退去しなくては」

「あの魚雷をどうするつもりなの、ジョン？」アナが訊ねた。

「除去するのさ、もちろん」オデガードはスクリーンから目を離さずに答えた。「遅かれ早かれ、沈没艦はロシアに発見される。現場にアメリカの魚雷がなければ、事故のままで終わる」

　オデガードは大きく息を吸うと、緑のケースのところにいる兵士に顔を向けた。

「通信状況は？」兵士がケースを見下ろした。

「はい、感度良好、ノイズもありません」

「よろしい。ミニ潜水艇を鉱山に戻してくれ」

「その作業は部下の方にやっていただくのがよいかと」兵士がラーラに言った。ラーラが中国語でジャッキーに何かを告げた。ジャッキーは初め何も答えなかった。ラーラが質問を繰り返した。ジャッキーがもごもごと小声で呟きながら、ラップトップに近付いた。警護の兵士がぴたりと後ろについた。

　アナはオデガードの後ろに歩み寄った。「どうやって魚雷を除去するの？」

「時間がないんでね、選択肢は限られている。なるだけ沈没艦から離れたところまで運んで行って、そこで爆破するんだ」

83

アナは鳥肌が立つのを感じた。「引き上げて魚雷を爆発させるなんてもってのほか！　海床からメタンガスが湧き上がって来ているのを知らないの？」

「我々の任務は魚雷を除去することだ。それができなかったら、これまでやって来たこともすべて無駄になる。我が国の魚雷が潜水艦を撃沈したという事実をロシアに知られたら、それこそ大変な事態を招く」

「あなたには分かってない……あなたがたが着く前に、ここで火災があった。ザカリアッセンが海床から鉱物サンプルを採ろうとしていたとき……この部屋でメタンが自然発火したのよ」

当惑したようにオデガードが、ミニ潜水艇を遠隔操作しているジャッキーに顔を向けた。「そうなのか、ジャッキー？　リスクがあるのか？」

ジャッキーはただ肩をすくめただけだった。

「ちゃんと答えさせるんだ、ラーラ」ラーラが中国語で短く言葉を発した。ジャッキーの答も簡潔だった。

「分からないって、言ってる……このノルウェー女が来る以前には、メタン関連のトラブルはなかったそう」

「ドリュー、魚雷を爆破する以外の選択肢はないのか？」オデガードが訊ねた。ドリューと呼ばれた海兵隊の爆発物処理兵は、短く刈り込んだ頭に指を走らせた。

「魚雷を安全な位置にまで移動する必要があるでしょう。しかし、五十六年間も海底にあったわけで……そのことが爆発物の安定性にどれだけ影響を与えたかについてはまったく分かりません」

「もっと簡潔に言ってくれ」オデガードが苛ついたように言った。「移動できる、と言ってるのかね？」

「はい。でも水深三千メートルまで潜れる特殊潜航艇が必要になる……原子力潜水艦から遠隔制御するタイプのものです。その手の作戦だと、始めるまでに最低一週間は必要です」

「なんと」オデガードが頭に手をやった。

ラーラが苛立たしそうにオデガードを見やった。「一週間なんてとんでもない。分単位の勝負なのよ。わたしたちに下された命令は明快。魚雷を爆破し、可及的速やかに脱出する。魚雷さえなくなれば、アメリカが潜水艦を撃沈した証明なんて誰にもできない」

「分かった、こうしよう。安全と思えるところまで引き揚げて、そこで爆破するんだ」オデガードが言った。「破片を広範囲に拡散させる必要がある」

「その心配は無用です。破片はそれほど残らない」ドリューがキーの一つに指を置き、爆発物の安全装置を外した。「上げてくれ」ドリューがジャッキーに言った。

オデガードが覚悟の表情を浮かべて、ジャケットから衛星電話を取り出した。「ラングレーの本部と話をする必要がある」

「ジョン！　これはわたしが担当している作戦よ。そのわたしがすぐに実行しなくちゃと言っているの」ラーラが言った。

オデガードの内部で何かが弾けた。腹に据えかねたという口調だった。「ああ、きみの作戦さ。それがこのザマだ。惨憺《さんたん》たる結果じゃないか。その始末もつけなくちゃならんのだぞ。そんなことはきみにもじゅうじゅう分かってるはずだ。十四人が死んだ。きみのエージェントは、その件に関して申し開きをしなくちゃならん！　別命がないかぎり、今ここで最高位将校はわたしだ……外でラングレーに電話してくる……わたしが戻るまで何もするな」

オデガードはすぐに背を向け出て行った。部屋が静まり返った。聞こえるのは、ジャッキーの指先がキーボードを叩く音と、海中からワイヤを引き揚げるウィンチの唸りだけだった。アナは氷にあいた穴を見下ろした。水面にはまったく乱れがなかった。泡がいくつか浮き上がり、弾けた。梯子が軋む音が聞こえた。マルコが降りて来てオイル缶と工具を降ろし、アナの方に近付いた。

「ダメよ、動かないで」ラーラはそう言うと、ジャッキーとマルコのあいだに歩み出て道を塞いだ。

「ここにいたくないんだ」マルコが言った。

ラーラがマルコを押し戻した。「わたしが許可するまで、ここにいてもらう」静寂が戻った。それを破るのは、モートンがハンカチを当てながら鼻をすする音だけだった。

ドアが大きな音とともに開いた。皆が振り返る。オデガードが戻って来た。手に衛星電話を握ったままだった。まるで氷が皮膚の下まで入り込んだように、血の気が失われた顔をしている。

「爆破する」オデガードが言った。「だが、水深二百メートル程度にまで引き揚げてからだ。それならうまい具合に破片が散らばる」

「了解」ドリューが応じ、ジャッキーに目をやった。「指定の水深で合図……」

「現在一千メートル」

ワイヤが引き上げられる。ウィンチがブーンと鳴った。ワイヤの巻き上げ速度が上がった。ジャッキーがキーボードを叩く。魚雷がスクリーン上に姿を現した。長すぎてバスケットからはみ出している。灰色のノーズがバスケットの縁から突き出していた。ジャッキーの仕事ぶりは見事だった。バスケットの中で、絶妙なバランスを保つように載せられている。少しでも一方にずれれば、魚雷は落下するだろう。

ジャッキーは、魚雷をつぶさに見ようとでもするように、スクリーンに顔を寄せていた。先端に何かが書いてある。魚雷班が書いたメッセージだ。〈てめえらが始めたんだぞ、ソビエト野郎！！！〉

「二百メートル」ジャッキーが大声で言った。

ウィンチが止まった。ワイヤが水中で前後にゆっくりと揺れた。

「起爆準備」ドリューがキーを回したあと、オデガードに目をやった。

オデガードが頷いた。

アナは覚悟を決め、魚雷を見つめた。ジャッキーも、相変わらず不自然に身を乗り出しながら、スクリーンを見つめている。腕が画面の一部を覆い隠している。何かがおかしい。

「あんた何してるのよ！」アナはジャッキーの手を掴み、腕をコンピュータから引き離した。隠されていた表示が見えた。〈五十メートル〉

「なんてこと――」

海中から爆発音が聞こえた。くぐもった音とはいえ、それでアナの警告の叫びは掻き消された。

「なんだ、これは」ドリューの声が聞こえた。直後、足元の氷が揺れ始め、噴き上げる水と緑色の炎が宙を躍った。

84

氷から出た炎がカーテンのように広がり、部屋を二分した。

火の中から悲鳴が聞こえ、ゴロゴロという音が室内を満たした。

モートンが火から後退るように出て来たが、氷に滑って転んだ。

「わたしの手を握って」アナはモートンの手を摑んで立ち上がらせ、ドアの方に押しやった。マルコはまるで火に魅惑されたかのように、じっと立ち尽くしていた。アナはマルコの身体を摑み出口の方に引っ張って行った。

外に出ると、一瞬、フラッドライトがまた点灯されたかと思うほどの明るさだった。だが光は氷の亀裂から立ち昇る炎が発したものだった。立ち並ぶキャビンの向こう側にあるヘリコプターが、その明かりに照らし出されている。ローターが全速回転し、パイロットはすでに離陸態勢にあった。

食堂棟の横で、炎が氷から噴き出した。爆発の力でキャビンが前に投げ出された。ドアが勢いよく開き、ロバートが転がり出た。衝撃波で覚醒したのだ。

オデガードの怒鳴り声が背後から聞こえた。「ラーラ、どこにいる？」

オデガードはまだドアの内側に立っている。部屋は暗くなっていた。タワーから吊り下がったケーブルと壁のヒューズパネルを包み込んで燃え盛る炎。それだけが室内を照らしている。ラーラがケーブルの奥から走り出て、ドアに向かった。ポニーテールに火が燃え移った。ラーラは駆けながら、燻る髪の毛を狂ったように叩いた。オデガードが素速くジャケットを脱ぎ、それでラーラの頭をくるんだ。

もう一人、男が続いた。ドリューがジャッキーの警護役だった兵士を背負っている。意識を失った兵士の焼け焦げた制服から煙が出ている。ドリューの顔は煤で黒く汚れ、両目は白い穴のように見えた。キャビンから安全な距離まで退避したオデガードが、ラーラの頭からジャケットを取り除《の》けた。ブロンドの髪からはまだ煙が上がっていた。

「大丈夫か？」

ラーラは首に手を触れた。ポニーテールは焦げた切り株のようだった。

「これくらいじゃ死なないわ」

なおも噴き出した炎が闇を突き抜け、巨大な火の玉が基地を照らし出した。オデガードの顔が光に浮かび上がった。

「何があったんだ？」オデガードが叫んだ。

「何があったって、あなたがジャッキーに騙されたのよ。魚雷を氷下に溜まったメタンガスの真下で爆発させたの」

「チックショー、なんてこった！」オデガードが言った。

南部の兵士が駆け足でやって来た。「全員ヘリコプターに！」

オデガードは頷くと、茫然《ぼうぜん》とした表情であたりを見回しているモートンを指差した。

「すぐ行く。ダンを頼む」

兵士がモートンの手を取った。「どうぞ、わたしと一緒に」

老人は若い兵士とともに氷原を歩き始めた。が、いきなりモートンが歩を止めてアナを振り返った。「殺すつもりはなかったんだ……」言いおわるのを待たず、兵士はモートンを引きずるようにして闇の中に入っていった。

アナは燃える部屋の中を振り返った。ケーブルの炎は、重力に逆らう川のように、天井まで燃え広がっていた。

「ジャッキーの野郎はどこにいる？」オデガードの目が怒りに燃えていた。

爆発物処理兵のドリューが振り返った。「海が爆発したとき、あの男は炎の真っ只中にいました。おそらく焼死したかと」ドリューは喘ぎ喘ぎそう答えると、肩に担いだ意識不明の兵士の腕と脚を摑んだ。「こいつをすぐ衛生兵に診せないといけませんので」

ドリューは仲間の身体を担ぎ直すと、ヘリコプターに向かって歩いて行った。

オデガードは闇の中を見つめていた。「この火災はおそらく宇宙からも見えるだろう。ロシアがこれまで我々がここにいるのを知らなかったとしても、これで知ったことは間違いない」オデガードが焦げたジャケットに再び袖を通した。

「行こう」

アナは動かず、炎を見つめた。

「この人と一緒に行って」アナはマルコに言った。「ここから逃げるのよ」

マルコが当惑したようにアナを見た。「あんたは来ないのかい?」アナは大きく息を吸い、再びフードを持ち上げ顔を覆うと、炎を上げる部屋に駆け込んだ。

アナは炎熱の壁にぶつかった。天井の半分はすでに燃えていた。奥の壁はまさに灼熱地獄だった。膝をついて部屋の内部を見る。ラップトップとケース類が炎を上げ、天井から火花が降って来る。死体を探そうとしたが無理だった。外からの冷たい風が突然顔を過《よ》ぎった。炎が酸素を呑み込んだ。部屋の一番奥で、炎が壁に穴をあけていた。アナは四つん這いになってその穴に近付こうとしたが、火の壁を抜けることは不可能だった。

この炎熱地獄の中で、アナは悪魔を探した。だがジャッキーは消えていた。大量殺人犯は、自分の引き起こした緑の猛火に焼き尽くされたのだ。屋上の方でまた爆発があった。炎が降りて来てアナに襲い掛かった。隣室との隔壁が内側に崩れた。

85

燃える部屋を脱出すると、冷気が顔に刺さった。炎の放つ光がマルコとオデガードの顔を赤く染めていた。アナは空気を求めて喘ぎ、屈み込んだ。ものの燃える強烈な悪臭が鼻腔をついた。

オデガードが驚いた表情でアナを見た。「なんてことを、アナ。もうダメかと思ったよ」

「やらなくちゃならなかったのよ……」アナは腰を伸ばし、フードを下ろした。生地が熱を持っていた。「あいつが本当に死んだかどうか、確かめなくちゃ気がすまない」

「死んでいたのか？」

「分からない――何も見えなかった」

本館の屋根で爆発が起こった。アナはぐるりと身体を回し、タワーを見上げた。傾き始めている。アイス・ドラゴンの絵が灼熱の中ではためいていた。まるで怪物が目覚めようとしているかのようだった。

エンジンが唸り、ヘリの一機が立ち並ぶキャビンの上空に、ゆっくりと浮き上がった。暗闇をつんざく大声が響いた。南部の兵士が庭の反対側で手招きしている。

「さあ、行こう」オデガードが言った。「きみはどうする?」

アナは飛んで行く戦闘ヘリを目で追った。やがてヘリは暗闇に消えた。「いえ、わたしはここでロシアの救援チームを待つことにする」

「危険だぞ。炎で氷が融けたら基地ごと沈んでしまう」

「ホバークラフトがある。なんとかなるわ」

「アナ、どうかもっと理性的になってくれ。我々と一緒に来るんだ。グリーンランドに着いたらノルウェーまで、まちがいなく航空機を手配してやる」オデガードが手を差し出した。しかしアナは、オデガードの身体を押しやった。

「言ったでしょ。行かないったら行かないの!」

アナは背を向け炎に包まれた本館に向かって歩きだした。

「ここであったことを、誰にも言うんじゃないぞ、分かってるな?」ジョンの怒鳴り声が聞こえた。「一言でも喋ったら、もうおれの手には負えない。CIAは間違いなくノルウェー情報部に働き掛けて、きみを逮捕させるぞ」

アナは応えず、ただオデガードに向かって中指を突き立て、そのまま進んだ。

オデガードは、負け犬の遠吠《とおぼ》えよろしく大きな唸り声を上げるや、くるりと後ろを向き庭の向こうに駆けて行った。アナは頭を下げ本館に沿ってずっと歩いて行った。足元の氷が激しく揺れている。北極が悲鳴を上げているのだ。蜘蛛《くも》の巣のような亀裂が氷原に広がっている。

炎が氷を貪《むさぼ》り食っていた。キャビンの一棟が崩れ、燃え盛る亀裂に呑み込まれていく。火花が空に向かって昇って行った。

沈んだ作業棟の跡に残った穴から、炎が噴き出した。ガス溜まりに次々と引火して、氷下に明るい炎が広がっている。大海の深みから現れた火龍が成長を遂げ、巨大な炎の尾を打ち付けて、本館を燃やし尽くそうとしていた。

アナは角を曲がり正面ドアに駆けつけると、勢いよくドアを開けた。凍った男は相変わらず四つん這いになっていたが、建物内部は炎に包まれ、隣の部屋への壁は焼け落ちていた。灼熱の風が凍った死体の上を吹き過ぎている。炎の赤い光を受けて、死体は今にも生き返りそうに見えた。

温もりのある光が凍りついた死体の上を流れていく。目を覆う氷が瞬く間に融け始め瞳が輝く。今にも氷から逃れて生き返り、海床の調査に戻りそうだ――そうアナは感じた。天井の梁《はり》が焼け落ち、死体の一つを直撃し砕いた。死体はばらばらの氷塊になった。ここを立ち去る時期だった。ジャッキーがこの建物のどこかに隠れていたとしても、もう逃げてしまっているだろう。

アナは凍った司令官の真ん前にあるドアをそっと閉めた。本館の建物を出ると、最後のヘリコプターが離陸するところだった。ヘリが頭の上を旋回した。黒い機体が炎に照らされ、オレンジ色に染まっている。巨大なスズメバチのようだった。機内のどこかで、オデガードが見下ろしていることだろう。だが、アナは見上げることなく、サブヴァバーに向かって頑固に歩みを進めた。ヘリが上昇し、もう一機と合流した。やがて二機は暗闇に点滅するただの光になった。

炎の明かりが行く手を照らしていた。サブヴァバーの機体は凹み煤だらけだったが、それでも無事ではあった。目の前に突然人影が見えて、アナは立ち止まった。

マルコが照れくさそうに笑みを浮かべていた。

「仲間が必要なんじゃないかと思ってさ」

アナが呆《あき》れた表情で見返すと、マルコの笑顔がしぼんだ。「いやなら、別の場所を見つけてもいいけど……」

「北極でスペアルームが見つかるとでも思ってんの？」

マルコは何も言わず立っていた。そのとき音がして、マルコが炎の方を振り返った。アナも身体を回した。スンジが吠え声を上げながら、燃えるキャビンのあいだを走り回っていた。

「スンジ！　こっち、こっち！」

アナは手を振った。ハスキー犬はアナを見るや方向を変え、大声で吠えながら全速力で駆け、アナの大きく広げた両腕の中に跳び込んできた。その勢いにアナは尻餅《しりもち》をつき雪の中を転げ回った。アナはスンジの首輪を摑んで、サブヴァバーの機体に引き上げハッチまで連れて行った。そこまで着いたところでアナは後ろを振り返った。本館のドアから、炎が緑の触手を伸ばしている。その下の氷がオーロラのように輝いている。マルコは今も氷原に立ち尽くしていた。「しようがないわね。いいから乗りなさいよ！」アナが大声で言った。マルコは嬉しそうに微笑むと機体によじ登った。アナはマルコの背中を押してハッチをくぐらせたあと、自分も乗り込んだ。ハッチをしっかり閉めたあと、スンジの隣で窓際に座っているマルコのそばに行く。外の炎が、マルコの顔に光を当てていた。窓の下枠が作る黒い影が、その光をいくつかの歪んだ三角形に分割している。ピカソが描きそうな顔だった。

ゴロゴロと音がして、窓がカタカタと鳴った。

アナは下の海中で何が起こっているのかを想像してみた。ジャッキーは計算どおり、魚雷を水面近くで爆発させた。爆発によってメタンを閉じ込めた無数の泡が着火し、それがアイス・ドラゴン直下にある巨大なガス溜まりに駆け上がった。そこで新たな爆発があり、新たな炎が生まれた。その炎が氷の亀裂に酸素を求めたのだ。

たとえ天候、氷、寒さ、捕食動物という武器をすべて使い尽くしても、北極にはまだそういう最終兵器がある、ということだった。

本館の壁一つが吹き飛ばされていた。飛び散った外装の金属部が、くしゃくしゃのティッシュペーパーのように転がっている。建物から転がり出たガスシリンダーが白熱の炎を噴き出しながら、ぐるぐると動き回っている。ドラゴンタワーが傾き出した。やがて支柱の何本かが崩れ、建物全体が燃える屋根に潰される恰好で焼け落ちた。アイス・ドラゴンの絵は引きちぎられて、ドラゴンが炎の中をひらひらと舞いながら、地獄の熱い吐息に吹き上げられた。タワーにあるタンクは二つとも垂直に落下した。ドラゴンの卵は炎を上げる海中に転がり落ちたのだった。

本館にあるもう一枚のドアが勢いよく開いた。ほんの一瞬、通路にある司令官の凍った死体が見えたが、すぐに炎がそれを呑み込んだ。アルミニウムの貼り板がずたずたに裂かれ、壁全体が炎を上げながら内側に潰れた。舞い散る火の粉が黒い空を照らした。

アナは窓のそばで、ついに炎が消え、再びすべてが闇に呑み込まれていくのを見つめていた。

86

白い光が暗闇を二つに切り裂いた。

草原の強風にさらされ曲がった木々の向こうに、信号弾が一発、撃ち上がった。心臓の鼓動が激しくなる。狩が始まったのだ。ライフルをしっかりと摑み、前を向いて歩き出す。早鐘のように高鳴る心臓が全身に血液を送り出し、五感を研ぎ澄ます。見えぬものの聞こえぬものの、何一つない。地平線の向こうで、ハイウェイをトレーラーが通過した。そのすぐそばの牧草地には牛がいる。足元で乾いた草がガサガサと音を立てている。森では、カラスが一羽、啼《な》いている。周囲の暗闇が動いた。同行しているハンティング・パーティの男たちが一列になって、ぶらぶらと草原を歩いていた。犬たちが吠え始めた。獣が反応した。耳障りな鳴き声を立てて身を守ろうとしている。トランシーバから男の声が聞こえた。

「猟犬がブタを見つけたぞ！」

立ち止まり、ライフルに装塡して、両脚を開く——叔父が教えてくれたとおりにした。小さな足が駆け足で近付いて来る音が聞こえた。ライフルを構える。床尾を肩に押し付け、光学式照準器を覗き込む。灰色の夕暮が赤い昼に代わった。猟犬たちが視野いっぱいに広がった。その前にはブタの群がいる。歪んだ木々のあいだから突進して来る。養豚場から逃げ出した一群だ。ブタの滑らかな皮膚には、すでに短い体毛が密生している。飼育ブタが野生化したのだ。

先頭の一頭に狙いをつける。巨大なオスだ。恐怖で身体が震えた。自分にとって最初の獲物だった。明日十五歳になる。いっぱしのハンターになるのだ。指先が引鉄を絞った。弾詰まりを起こした。落ち着いて再装塡する——教わったとおりに。撃とうとした。

何も起こらない。

心臓が破裂しそうだった。脳内でパニックのスウィッチが入った。弾倉を抜いた。汗で湿った手にひんやりとした金属が触れた。弾倉には、磨き込まれた銃弾ではなく、何か白いものが詰め込まれていた。指を入れてみる。

雪だった。

猛り狂った咆哮が聞こえた。

目を上げる。巨大なオスが真正面から向かって来た。が、頭部の様子が妙だ。平坦な顔の奥に、人間の顔が隠れている。長い髪が黒い瞳に掛かっている。

ジャッキーがせせら笑っていた。

口の両端から長い牙が突き出している。逃げようとする。しかし、脚が地面にくっついて離れない。叫んだ。だが、胸からはなんの音も出なかった。巨大なブタが目の前で前肢を上げた。

ジャッキーの顎が開き、炎のように赤い舌がべろりと伸びた。

ぴちゃ。アナはざらざらした舌が頬を舐める感触に目を覚ました。

スンジだった。息を荒らげ、鼻面を顔に押し付けてくる。アナはふさふさとした毛を撫で回したあと、起き上がった。まだ頭が混乱していた。大きな青虫が隣で横になっている。マルコが、ザカリアッセンの寝袋にすっぽりと入り込んで、軽くいびきをかいていた。首に何か冷たいものが触れるのを感じた。振り返ってみる。ハッチのハンドルに寄り掛かって寝ていたことに気付く。思い出した。用心のためハンドルに寄り掛かって寝たのだった。ナイフが胸に当たる。キッチンの抽斗《ひきだし》で見つけたものだ。十一時十分だった。二時間眠ったことになる。外を見た。窓は闇に覆われていた。アイス・ドラゴン基地は火と海に呑み込まれてしまっていた。残っているのは自分とマルコだけだった。

スンジがクンクンと鼻を鳴らした。

「お腹《なか》が空いたのね？」アナは囁き声で言った。寝袋から這い出ると、手に触れた床が冷たかった。サブヴァバーの機内は、外と変わらないほど寒かった。しかし、身体からエネルギーを奪う刺すような風がないだけでも、まずまず心地よかった。破れた窓から吹き込んだ雪を踏み踏み奥まで行った。

缶詰を見つけた。ノルウェー名物、ジョイカのミートボールだ。ザカリアッセンの好物だった。トナカイ肉のミートボール。トロムソで地元の商店がセールをやったとき、ザカリアッセンがこれを探検用食料として五カートン買い込んだのだ。アナは片方の手袋を脱ぎ、プルリングに指を突っ込んで蓋を開けた。中身は凍っていた。ナイフを使って切り分け、スンジにやろうと、その塊をいくつか床に落とした。

「どうぞ……ミートボールよ。気に入るといいんだけど」

スンジは音を立ててがつがつと食い、ごくりと呑み込んで、平らげたあと、雪についたソースを舐めた。

アナは自分も何か食べるべきだと思ったが、空腹を感じなかった。サブヴァバーの機体の上を風が静かに吹き過ぎている。ロシアのヘリがすぐにも着くだろう。凍りついた男たちがいた建物ばかりでなく、ほとんどのキャビンが焼け落ち、死者たちとともに沈んだ。ジョン・オデガードとラーラ・コワルスキーはアメリカに向かって帰路についている。二人の任務はひどく無様《ぶざま》な結末を迎えたが、目的は果たした。アメリカの魚雷は姿を消したのだ。

山ほどの質問が浴びせられるだろうが、すべて否定できるだろうし、すべて説明できるだろう。ジャッキーは死んだ。気の触れた男が暴れ回って仲間を殺した、と言えばいい。この事件で特徴的な点はただひとつ、悲劇の対象がアメリカの児童、生徒でなく、北極の中国人研究者だ、ということだけなのだ。

アナは虚しさを感じた。次に何をやるべきか思いつかない。過去二十四時間、なんとかしゃっきりしていられたのは、怒りとザカリアッセンの死に対する復讐心のせいだった。が、ジャッキーは死んでしまった。

アナはマルコの身体を揺すった。寝袋の中で、マルコがぴくりと動いた。寝袋の編み上げ部からふたつの目が覗いた。

「なんだ？……」マルコが眠たそうな声で訊いた。

「出掛けるわよ」


その少しあと、ボリスが電話をかけてきた。ほろ酔いで間延びした声ではなく、本気で心配している様子だった。「アナ、アイス・ドラゴンを出るなんて、それはダメだ！」

衛星電話の雑音越しでも、心配そうな口調であることは聞き取れた。「ロシア救援チームの出発が遅れてる。そっちが直撃されたやつと同じ嵐にこっちも襲われたんだ。でも、ヘリは一時間後に離陸できる」

「ここには何にも残っていないのよ、ボリス。アイス・ドラゴンはもう存在しないの」

「だからって、どこに行くつもりなんだい？」

「マルコもわたしも、北極点には行ったことがないの。海図で見ると、そんなに遠くもない。だから、極点で拾ってくれる？」

「アナ、二人きりで極点に向かうなんて無茶だよ」気象学者は納得しなかった。

「二人きりって、二人しかいないんだもの！」

アナは見るともなく、ホバークラフトの窓から外を見た。暗闇以外に何もなかった。アイス・ドラゴンはとうに姿を消していた。「ここにいようとどっかに行こうと、たいした違いはないのよ」

ボリスが深く溜息をついた。「じゃ、そうするとして、とりあえず何かしてやれることはないか、アナ？」

「そう言ってくれるなら、『白鳥の湖』のおすすめ盤が手近にないかしら？」

アナとマルコは身を寄せ合って電話に耳を傾けた。ボリスがかけたのは、モントリオール管弦楽団演奏の新録音だった。

チャイコフスキーの傑作、『白鳥の湖』から、サンクトペテルブルク出身の気象学者は『ロシアのダンス』を選択した。

ソロ・バイオリンの物悲しい音色が、サブヴァバーの陰鬱《いんうつ》なキャビンに流れ出した。その調べはダニエル・ザカリアッセンの細長いベッドの上を漂い、老教授の愛読した科学雑誌を通り過ぎて、死んだ計器類の周りでピルエットを回った。壁を這う旋律が無線機の上、そして霜に光るサモワールの上をそっと行き過ぎ、ベッドに吹き積もった雪の上で渦を巻きながら、割れ窓からこぼれ出た。

やがて他の弦楽器が羽毛のように軽い音調で加わった。白いドレスを纏《まと》ったバレリーナたちが、氷に覆われた窓の上でくるくると回っている——そんな姿を目の当たりにしている気がした。マルコが泣き始めた。身体を震わせ泣きじゃくっている。アナは両腕をマルコの身体に回し引き寄せた。太鼓腹が身体に触れるのを感じた。オーケストラ全体が加わり、曲は最高潮に達する。

アナの内部で何かがばらばらに崩れた。

修復するのは不可能だった。涙が溢れる。唇をぐっと嚙みしめた。だが、身体を震わすような内奥の慄《おのの》きが胃から這い上り、頭から弾け出た。死者が見えた。ヤン。

ザカリアッセン。

凍りついた死体。その凍った目。

若い男たちが見えた。ほとんど少年と言っていい。ブリキ小屋に横たわっている。血にまみれた身体の上で、壁の弾痕を通り抜けた陽光が躍っている。破壊された街に転がる死骸《しがい》に、タンポポの種がゆっくりと舞い降りる。アナはマルコにしがみつき、一緒に声を上げて泣いた。

ボリスは電話の向こうで黙って聴いていた。

音楽が消えていく。アナは大きく息を吸った。身体中に冷気が回る。冷気はもう、殺意を持って迫り来る敵ではなかった。ただ冷たく、清々《すがすが》しい空気にすぎなかった。

ほんの二日前までは、二度と経験することがないだろうと考えていた感情を、アナは味わっていた――生きていてよかった。自分たちの脚で立ち、爽《さわ》やかな空気を吸い、足元に氷を感じること――そのことに感謝した。

氷への印象が変化していた。

ずっと親しみやすい存在になった。

氷が、憎悪を放棄し、ついに平安を見出したかのようだった。氷は人間の傲慢《ごうまん》さが築いた殿堂を焼き尽くし、黒いヘリコプターを追い払った。残った二つのちっぽけなシミなど気にするわけもない。

アナはバッグに入れておいたタバコのカートンから、一箱を取り出した。

アナはときどき一服することがあった。もちろんザカリアッセンの鋭い鼻からずっと離れた場所で、こっそりとだった。アナとマルコは黙ってタバコを燻《くゆ》らせたあと、橇に荷物を積み始めた。

87

二人はサブヴァバーを捨てた。

アナは機外に出たところで立ち止まり、廃墟《はいきょ》と化した基地を眺めた。ほんの数十年ののちには、最後の氷山が大洋の波にもまれながら崩壊するだろう。結果出来た氷塊が近付く船の舳先《へさき》に砕かれる。小さくなった氷が、鉄の船殻沿いに流れ、渦巻き泡立ちながら艫《とも》に達すると、スクリューがその氷を粉砕する。こんなふうにして、かつて氷山だったものが、シャーベット状になって海に漂う。そこにコンテナ船でも通りかかれば、氷山の、最後の名残はその航跡に呑まれ、永遠に姿を消すことになるだろう。皮肉な話だ。コンテナ船は、最新鋭コンピュータやスマートフォンを満載しているだろう。どれも、氷山の故郷、北極の海床で採掘された鉱物で作ったハイテク機器なのだ。

アナは片方の手袋を外し、機体に出来た凹みを撫でた。塗装された金属を貫くネジが冷たかった。ずいぶん昔に、イギリスの技術者が丁寧に締め込んだものだ。マルコがスンジと一緒に下で待っていた。橇にハーネスで繋がれたスンジが、出発したくてうずうずしている。司令官の橇だった。亀裂の一つに挟まっているのを見つけたのだ。必要最小限のものだけを詰めた。缶詰。ドライフード。テント。予備の衣服。衛星電話。アイスピック。ロープ。ファーストエイド・キット。アナはそれらに加えて、サブヴァバーに備えてあったフレアガンも詰めた。

アナはマルコに、半ば水没した食堂棟に行って、ロバートが忘れていったヘクラー&コッホの狙撃《そげき》ライフルを持って来るように頼んだ。身を守る術もなく、流氷原に出て行くわけにはいかない。ロバートのライフルは、凍りついた海水に銃床が埋まっていて、マルコは氷を叩き割って引っ張りださねばならなかった。マルコはライフルを荷物の一番上に置いたあと、橇全体に防水シートを被せ、しっかりと固定した。

アナは最後にサブヴァバー内部を振り返った。潰れた緊急ロケーションビーコンが、床に転がっている。ダニエル・ザカリアッセンはこれを使ってＣＩＡと連絡を取り合っていたのだ。あらかじめプログラムされた定型文が、暗号だったことは間違いない。〈スペアパーツ入用＝中国、海底から鉱物を採掘〉〈医療援助要求＝兵を送れ！〉ビーコンの内部で何かがブーンと鳴っている。

ビーコンを破壊するという行為は子どもじみている。しかし、それで解放された気分になるのは分かる。ザカリアッセンが好きだった。アナはその事実を憎んだ。オデガードはヤンを見つける手助けをしてくれた。アナはその事実を憎んだ。ここに来れたのはＣＩＡの出した数百万クローネのおかげだった。アナはその事実を憎んだ。

〈おまえは嘘をついている。おまえが憎んでいるのは、おまえ自身にほかならない〉

そんな考えが脳内で弾けた。頭が痛かった。

アナは回れ右して機外に出ると、ハッチを閉め、マルコの隣に降り立った。手には個人的な思い出の品を摑んでいた。サモワール。これだけは置いていきたくなかった。

アナはサモワールを防水シートの内側に詰めた。スンジがハーネスを引く。橇が動き出した。一歩進むごとに、ブーツの下で雪が音を立てて潰れた。が、それ以外にはなんの音もしなかった。

風の音もない。

ぶつかり合う浮氷の音もない。

北極が氷丘脈を産むときの、ゴロゴロという陣痛の声もない。

人の声もない。

そしてエンジンの音もない。発電機棟はひっくり返って、凍りかけた亀裂に半ば水没していた。作業棟や他のキャビンを、ほぼ完全に呑み込んだ亀裂だ。遥か彼方で、迷い鳥がガーガーと啼いている。本館のあったところにあいた穴には、すでに固い氷が張っていた。曲がり焼け焦げた鉄製の梁だけが、マルコが建てたタワーの存在を物語っていた。ガレージはまだ無事に建っている。

基地から数百メートルのところに、龍の絵の焼け焦げた切れ端があった。カンバス地に描かれた青い目が、ぎょろりと虚空《こくう》を見上げている。緑炎の片隅が焼けていた。マルコはカンバスを丁寧に折り畳み、ポケットに押し込んだ。思い出の品だ。

アナは振り返った。ヘッドランプの光がぎりぎりサブヴァバーに届いた。氷の沙漠《さばく》に佇む金属製のカブトムシ。ローターを囲む甲羅《こうら》のようなカバー、硬い金属の翼。いつでも飛び立てるという風情《ふぜい》だった。だらりと垂れたゴムのスカートは脚だろうか？　からっぽになったこの金属製ボディが、再び命を吹き込まれ、人を乗せることはあるのだろうか？　サブヴァバーが、イヌイットによって与えられた名前に恥じず、今一度、〈氷の上を素速く流れるように進む〉ことはあるのだろうか？

最後に、極夜の中で頼りなく光る緑色のナビゲーションライトを一目見て、アナはサブヴァバーに別れを告げた。

発電機棟から人影が現れ、ひっそりと庭を駆け抜けてガレージに向かった。アナもマルコもそのことに気付かなかった。

88

だから、二人にとっては自分たちだけの世界だった。

それに氷。

アナ・アウネとマルコ・ジェン・ヒーが、極点に向かって歩く。

スンジが必要品を満載した司令官の橇を引く。二人のヘッドランプが氷に閉ざされた風景を明るく照らした。アナは振り返った。もう基地は見えない。光が描く円の中に見えるものだけが、すべての世界だ。マルコが着ているサバイバルスーツは、ザカリアッセンが予備として持っていたものだったから、太鼓腹が窮屈そうだった。

緊急用照明弾をアナが目撃してから二日が経っていた。一生と思えるほど長く感じられる。十四人が死んだ。ダニエル・ザカリアッセンと、これまであったこともない十三人の男たちだ。氷の上を歩きつづける。『白鳥の湖』がまだ心の中で鳴っていた。

空には、満天の星が明るく、くっきりと輝いている。その中でも、北極星が一番明るい。寒かったが、風という敵がないせいで、心地よい夏の日に歩いているような気分だった。脚が自然に動いていく。何も考える必要がなかったから、アナもマルコも平和な気分で歩いていた。

三十分後、二人は氷で出来た高波に出くわした。氷丘脈だ。登って越える代わりに、二人は端を回り込んだ。三十分後には、また平らな氷原に戻った。アナはお腹が鳴るのを感じて、最後の氷塊のところで立ち止まると、橇の防水シートを開けて料理用のチョコレート・バーを取り出した。

マルコと分け合い、氷塊の上に座って食べる。噛むとチョコレートはパキンと割れ、口の中で溶けた。甘い。エネルギーが胃に滴り降りていく。アナはジャケットから嗅ぎタバコの箱を取り出し、一ポーションを唇の内側に詰めた。ニコチンが効いてくる。箱を差し出すと、マルコは二つ取り口に詰めた。堂に入った仕種だった。

ヘッドランプの明かりに照らされて、二人が残した足跡が見えた。

「結婚はしてるのかい?」唐突な質問だった。

「いいえ」

「彼氏は?」

「いたけど、死んじゃった」

「そうか、ごめん……お悔やみを言うよ。幸せになるよう祈ってる」

アナは微笑んだ。「ありがと。最近はなんでも軽くなってるけど、親切な心遣いは、やっぱりぐっと来るわね」そう言いながらアナは考えた。〈最近はなんでも軽くなってる〉そう言いながらアナは、胸の重石《おもし》が取れるのを感じた。本当のことだと思ったし、本当のことであって欲しかった。マルコは雪を見下ろしながら、舌で口の中の嗅ぎタバコを弾いた。

「嫁を手に入れたくて貯金してるんだ」

「奥さんを手に入れる……貯金？」

「ああ。中国じゃ、婚約者は嫁の両親にカネを払わなくちゃいけないんだよ。婚約の許可をもらうために。結婚にはひと財産要るんだ」

「ええ、そうなの？　じゃ、貧乏でおカネが足りない人はどうするの？」

マルコは氷に唾を吐いた。「一人で死ぬことになる。子どももいないわけだし。中国では、男のほうが女より三千万人も多いんだぜ。歳を取り過ぎたら、誰もおれとなんか結婚したがらないさ。とても好きな女の子が上海にいるんだ。モウ・チョウって名前なんだけど、あいつもおれのことを好きだと思うんだが……。でも、要求が厳しいんだよ。家に車。それだけじゃない。すごくいい仕事についている男がいいんだと」

アナは笑いを堪えきれなかった。「北極にタワーを建てたでしょ？　それってすごくいい仕事じゃない？」

マルコがまた氷に唾を吐いた。

「その子の親父が会計士なんだ。持参金をしこたま要求してる」

「わたしの妹も会計士よ」アナは言った。「いい仕事よ。数字と激務が好きなら」

「おれって、かなりの怠け者だし、数字は嫌いだ」マルコが言った。「でも、エレベーターの施工者になろうと考えたんだ。単純な作業だよ。まず、既製のシャフトを手に入れて、それにエレベーターを組み込めばいいんだから。ここにいるあいだに、本を何冊か読んで勉強した。おれが設置したエレベーターを操作できたら、親父も喜ぶだろうしな」

アナはまた声を上げて笑った。

「素晴らしい計画じゃないの、マルコ。あなたの彼女、おそらく父親の遺伝で数字には強いと思う。だから彼女に必要な計算をやってもらえばいいのよ。フロアの数を数えるとか」

マルコが微笑んだ。「おれもまったく同じことを考えてた」

星が一つ、いきなり空を横切った。それは弧を描いて水平線の上を飛び、地球の裏に消えた。

「流れ星だ。願い事をしようぜ」マルコが言った。

「いいえ、あれは人工衛星よ、間違いなく」

「同じことさ」マルコが例の、くっくという奇妙な笑い声を上げた。「上海にいいカラオケバーがあるんだ……そういうの好きかい？」フードの内側から、マルコが目を向けてきた。フードから飛び出したヤギ鬚が、カタツムリの殻に入ったザリガニの爪みたいだった。

「いい願い事じゃない。バーに行きましょ、マルコ。中国にわたしより歌が下手な人がいたら、飲み代はわたしが持つわよ」

極点へのルートを確認したあと、二人はまた歩きだした。ヘッドランプの明かりにまた、列をなす氷塊が照らし出された。氷塊二つのあいだにごく狭い抜け道があるのを見て、アナはそこに歩み寄った。抜けると、潮の匂いがした。抜けた先では、光が黒い海を照らしていた。広範囲に氷が割れている。氷盤が衝突で割れ、氷を持ち上げたのだ。

マルコがついて来た。

「どう行ったらいい？」

ヘッドランプの光が届く範囲ぎりぎりまで、目を凝らして遠くを見る。「回り道ができるかどうか分からない」スンジが見上げた。息をするたびに、鼻穴が開いている。太い吠え声を上げた。アナはスンジに近付いた。

「どうしたの、スンジ？」

大きな氷塊の陰にホッキョクグマがいた。犬の吠え声は聞こえたにちがいないが、たいして気にするふうでもなかった。クマの胸郭には、焼け焦げた痕が長く走っていた。飢えている様子だ。

アナはマルコを振り返り、動かないようにと合図した。アザラシを待ち構えているホッキョクグマを目にするのは、素晴らしい体験だった。アザラシは五百メートル以上潜ることができるし、水中に四十分以上いられるだけの空気を肺に溜め込むことができる。そのことをアナは知っていた。だがそんなアザラシでも、潜水艦とは違って、海中から空気を取り込むことはできない。いつか浮上しなければ溺れ死んでしまうのだ。

アザラシ最大の防衛能力は、その聴覚だ。ホッキョクグマが巨大な肢を下ろすたびに氷の結晶が粉砕され、その振動が水中を伝わっていく。氷が海に浮かんでいるせいで、その振動は増幅される。海が、巨大スピーカーの振動膜《メンブレン》の役割を果たすのだ。振動は海中で音波として伝わり、半径数キロにいるアザラシは、その音を捕捉《ほそく》することができる。

ホッキョクグマは相変わらず、氷に出来た亀裂のそばで我慢強くじっと座っていた。クマが氷の割れ目に向かって頭を下げた。何かが浮上して来る音を聞きつけたにちがいない。顎を大きく開き、アザラシの頭が水面に出るやいなや、がぶりと噛みつく態勢でいる。

アナがその音を聞いたのは、ちょうどそんなときだった。

振動が氷から伝わってくる。規則正しくリズムを刻む音。獣の立てる音ではない。

ヘリコプターだ。

ホッキョクグマが頭を回した。ちょうどそのとき、氷の浮いた水面をアザラシが突き破った。クマが突進した。が、手遅れだった。獲物はぎりぎり新鮮な空気を取り込み、また水中に消えた。ホッキョクグマはがぶりと顎を閉じたが、虚しく空気を食《は》むだけに終わった。スンジが大声で吠え始めた。ホッキョクグマは獲物を諦め、その飢えきった身体を翻《ひるがえ》すと近くの亀裂に向かって氷上を突進していった。

89

ヘリコプターのローター音が大きくなってくる。

やがて暗闇に点滅する光が現れた。急速に接近して来る。

「ロシアのチームが来た――フレアガンを取ってきて」マルコは急ぐあまり躓きそうになりながら橇に走った。焦ってややぎこちない手つきだったが、なんとか防水シートを外しフレアガンを引っ張り出して、空に向けて撃った。

発砲音がバーンと鳴り、赤い光が空に昇った。

ヘリが速度を落とし、旋回し始めた。眩いばかりの光が点灯された。明るいオレンジの機体。中央に青いストライプが入っている。ドアにはロシア語のレタリングが描かれていた。ヘリはさらに数回旋回したあと、少し離れたところにある厚い氷に向かい、やがて降下し始めた。

アナとマルコはヘリに向かって歩きだした。ハーネスを引くとスンジが激しく吠えた。ヘリが半ば降下した。ローターの吹き上げた雪が顔の周りで舞い散る。アナは顔を背けた。ヘッドランプの光がぐるりと周囲の氷を照らした。暗闇に一瞬、色彩のあるものが見え、やがて消えた。アナはその方向に顔を向けた。

光が緑の物体を捉えた。

それがなんであるかを悟るのに、数秒を要した。

ガレージにあったトラクターだった。

何かが背中を打った。

鋭い痛みが走った。

手を後ろに回す。サバイバルスーツの生地から突き出したものが指に触れた。

釘のようだった。

アナはそれを片手で摑み引き抜いた。左肩甲骨《けんこうこつ》真下の皮膚から、それが抜けるのを感じた。手には先端に血のついた釘が握られていた。

アナはマルコに向かって怒鳴った。

「ジャッキーがいる！」

ローターの起こす吹雪の中で、マルコがアナに顔を向けた。ヘリはすでに着氷していた。男が一人、機体横のドアから現れた。機内の明かりが外に流れ出している。

アナは片手を上げ、ヘッドランプのスウィッチを切った。暗闇のどこからか、忍び足の靴音が聞こえる。鋭い痛みに身体の動きが止まった。胸に釘が刺さっていた。

「クソッ！」

アナは釘の頭を摑むと目を閉じ、苦痛と出血を覚悟して、えいと引いた。釘は拍子抜けするほどあっさりと抜けた。釘が命中したあたりに何か硬いものがある。アナは胸ポケットを開いた。孫子の『兵法』が命を救ってくれたのだった。

釘がまた飛んできて、今度は太ももに当たった。頭がサバイバルスーツの内側に隠れてしまうほど、深くまで刺さった。

アナは足を引きずりながらヘリに向かって駆けた。片手をサイドポケットに突っ込む。ハンティングナイフは消えていた。釘がまた命中した。今度は掌を貫通した。アナは叫び声を上げながら、釘を思い切り引き抜いた。手に血が流れた。

マルコが当惑した表情でアナを見つめていた。何が起こっているのか理解できないでいるのだ。マルコの背後に、ヘリから降りた男が近付いている。

激しい怒りが燃え上がった。アナはジャッキーがいると睨んだ場所に向かって全速で走った。ヘッドランプの光が氷上を躍る。すべての筋肉が張り詰めているし、攻撃されることも分かっていた。だが、そんなことはどうでもよかった。足跡を見つけた。しかしすでに、ジャッキーは姿を消していた。

アナは足を止め、氷上にヘッドランプの光を当てながら、ぐるりとあたりを見回した。光はマルコの位置に戻った。マルコの背後に人影が全速で駆け寄ってくる。

「危ない！」

マルコが振り返った。だが、両手を上げて防御する間もなく、ジャッキーがネイルガンの引鉄をひいた。マルコは悲鳴を上げて倒れた。その喉元に、ジャッキーがネイルガンを突き付けた。

アナはジャッキーの方に向かって歩こうとした。だが、片方の脚が言うことを聞かなかった。ジャッキーがマルコを引き起こすのを見ながら、なす術もなく立ち尽くすしかなかった。それでもアナはなんとか一歩前に進んだ。

ジャッキーがマルコを盾にして立っていた。今もネイルガンをマルコの首に突き付けている。

「止まれ！　さもないと撃つ！」声が嗄《か》れていた。

「誓ってもいい、ジャッキー、あなたは死んだことになってるのよ」

アナはもう一歩前進した。ネイルガンで殴る音がした。マルコが苦痛の叫びを上げ、ジャッキーの腕を摑んだ。ジャッキーはネイルガンの先端をマルコのこめかみに押し付けた。

アナはジャッキーに懇願するように言った。「マルコを放してくれない？」

ジャッキーは応えず、マルコをヘリから降りてきた男の方に引きずった。男は当惑した表情で三人を見つめている。

「諦めなさい、ジャッキー、逃げるところなんてないじゃない」

「退がれ。こいつを殺してもいいのか！」

マルコが恐怖に囚われた表情でアナを見た。「助けてくれ、アナ。死にたくない！」

「あんたはなんていう怪物なの?!」アナは怒鳴った。

ジャッキーはほんの一瞬、得意げな表情を見せた。

「ぼくは……復讐者、チャオ・ウーだ」

ジャッキーがネイルガンをアナに向けた。

ジャッキーが引鉄をひいた瞬間に、アナは氷上に身を投じた。ジャッキーが、ヘリの男に向かってネイルガンを振りかざしながら、マルコを引きずって行った。ヘリの男が舞い上がる雪の中に退いていく。何が起ころうとしているかを、アナは悟った。ジャッキーはこの期《ご》に及んでも、氷の世界から脱出しようとしているのだ。

マルコがアナに向かって何かを叫んだ。

アナはその声を無視して、反対方向に這い進み始めた。数メートル行ったところで立ち上がり、片足を引きずりながらスンジの方に向かう。興奮したスンジが橇のそばで吠えていた。足を下ろすたびに、釘が刺さった脚にハンマーで殴られたような痛みが走る。

橇に着くと膝を下ろし、防水シートを引き剝がした。荷物の一番上に、ヘクラー＆

コッホのライフルが置かれていた。アナは両目を閉じ、フェルディナンが言った言葉を繰り返す。ライフルの銃床に片手を置きぐいと摑んだ。喉元に吐き気が上がって来る。目を開き息を吸い込んだ。銃身の下に畳み込まれた二脚《バイポッド》を打ち開く。背後で、ヘリコプターが出力を上げる音が聞こえた。体勢を整える。氷にバイポッドを据えて照準器を覗いた。顔がむずむずし始める。

暗視システムが暗闇を緑色に輝く夏の日に変える。ヘリコプターのエンジンが白熱して光を上げる様を照準器が捉えた。ヘリが上昇する。ドアが目に入った。乗組員の一人がドアを閉めようとしていた。その男の後ろに、マルコとジャッキーの姿が見えた。二人の目は緑色の顔についた点にすぎなかった。ヘリコプターが上昇し始める。ドアが完全に閉められようとしていた。

両手に摑んだ銃床が温かくなってきた。

額に珠《たま》のような汗が浮かんだ。

世界が歪んで見えた。

夜が昼になった。

氷が太陽になった。

90

住民以外には誰も、その存在さえ知らない街で、とある屋上に身を伏せている。
ヤンの顔が照準いっぱいに広がる。
ヤンを引き戻そうとしているIS戦闘員が、少し身体を起こしたところだ。
〈ハゲ〉とあだ名された男の上半身が、クロスヘアーと重なる。
指先が引鉄にさらなる圧力を加える。
脈拍一回。
さらに引鉄を絞る。
バン。
銃床の反動が肩に伝わる。
弾丸が秒速千二百メートルで銃口から飛び出す。
銃弾が目標に到達するまで、わずか二分の一秒。
まさにその瞬間、ヤンが〈ハゲ〉の手から逃れる。

ヤンが頭を上げる。

銃弾がヤンに命中し、
脳を貫通したあと、
後頭部から出て〈ハゲ〉の胸に当たる。

二人の男が折り重なるようにして地面に倒れる。

自分の叫びが聞こえる。

照準の中で、ヤンの髪が微風に吹かれている。

ヤンの下で、〈ハゲ〉が血を流し死んでいる。

茶色の砂が血を吸い込む。

モスクのミナレット高くにある柱。そのあいだにある小窓の一つで閃光が発せられる。でもそれに気付かない。スナイパーの放った銃弾が照準器に命中し、スイス製レンズを粉砕する。弾丸は進路を変え、ぎりぎり目を逸れる。だが額の横に沿って進み耳朶《みみたぶ》を切り取り肩に入って、そのまま身体を貫く。右腕がだらりと下がる。ゲリラのジョロが目の前に身を乗り出してくる。痛みが溶岩のように身体を燃やし、目に侵入して、ジョロの姿を焼き尽くす。

目を開けた。

白衣を着た人々に取り囲まれていた。くねくねしたチューブが口に入れられている。

腕からは様々な装置に繋がったケーブルが延びていた。コンピュータのスクリーンには、ぴかぴか光る流れ星が何本もの線を描いて飛んでいる。窓の向こうでは、灰色の雲が鬱蒼《うつそう》とした森を押し潰していた。白衣の一人がマスクを外した。ヤンが笑いかけてきた。

「きみなら大丈夫。できるさ」

ヤンが身を乗り出し、キスをした。

熱い。

冷たい。

太陽。

夜。

アナは冷たい空気を呑み込んだ。口が酸っぱくねばねばする。照準器から目を離すと街は消えていた。ヤンは消えていた。

ヘリコプターが傾き、方向を変えようとしている。アナはライフルを元の位置に戻し、照準を覗いた。

機体横のドアが閉まりかけたままだった。ジャッキーがドアの端に手を掛け、前にいるマルコをドアに押し付けている。マルコはヘリから落とされないようにと、ドアの枠に手を突いて抵抗している。

アナは息を整えることに集中した。顔に当たる風の方向を感じ取る。ヘリまでの距離を測る。クロスヘアーがジャッキーの顔と重なった。アナは照準を数ミリ分、マルコの頭から離しジャッキーの肩の方にずらした。ヘリコプターが前進速度を上げた。アナは照準越しにそれを追った。

指の内側に引鉄を感じた。

金属が燃えていた。

いきなり喉元に酸っぱいものが上がってきた。

頭の中で、ハンマーが打ち下ろされた。

91

ジャッキーはマルコの背中に身体を押し付けていた。氷がヘリの下を疾駆していく。ジャッキーの手には銃が握られていた。乗員から取り上げたものだった。その乗員は今、怯えた顔をしてジャッキーを見つめていた。もう一人の乗員は必死にスライドドアを閉めようとしている。

ジャッキーはマルコをヘリに置いておきたくなかった。自分と一緒に氷をあとにする者がいてはならないのだ。ヘリのパイロットを脅せば、人里離れた場所まで飛ぶことができる。着陸してしまえば、この連中も用済みだ。うまくやれるだろう。山間《やまあい》の貧しい鉱山町を逃れて大学まで進み、さらにカリフォルニアまで行った。それと同じことだ。うまくやれる。

阿呆《あほう》のチァンがすべてをぶち壊しにするところだった。それを止めただけだ。

ラーラの求めに従ってデータを消そうとしていたあの晩にかぎって、遅くまで働くことなど一度もなかったチァンが、なぜ現れたのだろう？　やつを刺し殺したのは、破れかぶれの行動だった。チァンがコンピュータ・ディスプレイの前でぴくりとも動かず突っ伏しているのを見たとき、もう選択の余地はないと思った。チァンと言い争いになって、誤って刺したと皆を説得しようと試みる手もあったかもしれないが、そんなことをしても結果は同じに決まっている。中国で死刑になるのだ。全人生を懸けて闘ってきたあらゆることが、銃口の前で、あるいは毒薬の静脈注射で、終わりを告げてしまうのだ。

本館では、重要な採掘任務をこなすために、科学者全員が残業していた。タワーのタンクに登り、リボルバーで液化窒素と水を深海のレーダーに送るパイプを狙った。銃声は思ったより大きかったから、下の建物に窒素と水が勢いよく流れ落ちると同時に、びっくりして自分も落ちそうになった。

短い悲鳴が何回か。聞こえたのはそれだけだった。本館の正面に駆けつけると、ドアから霧が漂い出始めていた。戸口から司令官がまさに脱出しようとしているところだった。

チュン・リーと二人のコックが肌着姿のまま駆けて来た。「何があったんだ?」チュン・リーが言えたのはそこまでだった。おれはチュンを撃った。コックたちが逃げようとした。が、二、三歩進んでお仕舞いだった。ザンハイがキャビンの戸口に立っていた。こっちが撃つ前に、暗闇に向かって駆け出て来た。殺しが始まったとき、グァンとランポはまだ眠っていた。

凍え死にたくなければ、ザンハイはキャビンに戻らなくてはならない。そのことは分かっていた。おれは作業棟の武器収納キャビネットからライフルを一挺《ちょう》調達し、またタワーに登り、ハードディスクと盗んだデータをそこに隠して、寒さに凍えながら待機した。だが、現れたのはザンハイではなく、照明弾だった。CIAではなく、ノルウェー女だった。

あれこれ考えても、今となってはすべて無意味だ。女は撃たれ傷ついて氷に横たわっている。発見される前に凍死するだろう。自分はまた変身を遂げればいい。そしていつの日か、ラーラ・コワルスキーとジョン・オデガードを見つけるのだ。二人は裏切りの代償がどんなものかを知るだろう。考えてみろ、おれの本名は、チャオ・ウーじゃないか?

復讐者だ。

ヘリコプターがさらに機体を傾けた。マルコを突き落とすのにいいタイミングだった。

身を乗り出し、ドアフレームにしがみつくマルコの両手を摑む。しかしそのとき、凄《すご》い力で肩を打ち付けたものがあった。身体がマルコを乗り越えてでんぐり返った。

ジャッキーは飛んでいた。

下で暗い渦が巻いている。

両目を閉じ、身を強張らせた。直後、身体が水面を打った。ジャッキーは沈んで行った。凍て付くような冷水が身体を引き裂く。目を開けた。ヘリコプターの光が上の方で弧を描いている。光に赤い霧がかかった。顔の前を血が漂っている。

ジャッキーは両脚で水を蹴り、両腕を掻いて水から逃れようとした。燃えるような強い痛みを肩に感じた。腕は脳の命令を拒否した。だがそれでも、身体は赤い霧の中を浮上していった。

肺が痛い。海に落ちる前に呼吸をする暇がなかったのだ。だが、もうすぐそこが水面だ。これまで何べんも読んだ本の一節を思い出す。二千年以上前に、ある将軍によって書かれた本だ。


『混沌《こんとん》の中に好機有り』


自分の人生もそうだった。

混沌から好機を掴んだのだ。

腕で水を掻いた。力が萎えていくのを感じた。が、あと一メートルで水面だった。

ジャッキーは水中で腕を突き出し、海面に浮上した。

何かが足を摑んだ。

痛みが身体を走り、脳内で爆発した。ジャッキーは悲鳴を上げた。口に海水がどっと流れ込んでくる。なんとか振り返った。巨大な物体が目の前に迫っていた。白いドラゴン。その毛皮にはたくさんの泡がくっついている。

ドラゴンの獰猛《どうもう》な歯がジャッキーの太ももを貫いた。ジャッキーは身体を伸ばし、ドラゴンの鼻面に一撃を食らわす。だがその顎は決して獲物を放そうとはしなかった。脚が砕かれた気がした。だが、水の冷たさで、痛みを感じない。身体が下に引っ張られた。水面から遠ざかる。鼓膜に水圧がかかった。水が、頭蓋骨《ずがいこつ》を、脳を締め付ける。目の前に星が見えた。口から流れ出ている血。その味を感じた。ジャッキーは、さらに深みへと引かれて行った。海水が口を満たし、喉を塞ごうとしている。凍て付くような水。水圧というおぞましい拷問。ジャッキーの頭蓋骨は、水の万力《まんりき》に容赦なく押し潰された。

ホッキョクグマがジャッキーの太ももをさらに深く嚙んだ。ジャッキーは声にならない叫びを上げ、最後の空気を吐き出した。ホッキョクグマは獲物を顎にがっちりとくわえたまま、氷下の暗闇に姿を消していった。

ジャッキーがヘリから落ちていくのを、アナは見た。

ジャッキーが腕を振り回し、空中で百八十度回った。アナは照準越しに、ジャッキーが亀裂に落ち姿を消すまで、その姿を追った。

引鉄をひいたほうの手に、何か温かいものを感じた。ねばねばしている。未消化の食べ物。アナは血だらけの拳を雪に押し付け嘔吐物《おうとぶつ》を拭うと、仰向けに横たわった。背中がひんやりと冷たい。気が鎮まる。痛みが和らぐ。温もりが全身に広がった。アナはサバイバルスーツのファスナーを、いっぱいに下ろした。

氷の冷たさがさっと胸のほうに入り込んでくる。アナは咳き込んだ。ヘリコプターの明かりが上を通り過ぎた。ローター音が大きくなってくる。突然の疾風が顔に当たる。黒い空に太陽が輝いた。そしてその太陽が、ゆっくりとアナの方へ降りて来た。

92

北緯七十七度四十四分　東経百四度十五分

アナ・アウネは暗い忘我の境地を漂っていた。

音は聞こえる。だが何も分からない。暗闇で何かが動いた。だがそれがなんであるかが分からない。誰かが身体に触れている。だがどこを触っているのかが分からない。

声が聞こえた。

「聞こえる、アナ？」スタッカートのリズムで繰り返される声。

アナは再び目を開けた。若い女が微笑みかけている。頭に白い帽子。両袖に明るい青のストライプが入った白衣。看護師がカップを持ち上げて見せた。カップが口に押し当てられ、甘く、生温《なまぬる》い液体が喉に流し込まれた。そのとき鋭い痛みを感じた。白衣の看護師が壁のボタンを押し、アナの上に身を乗り出した。

暗黒が再びすべてを呑み込んだ。アナは目を開けた。白く強い光を当てられて瞳が痛んだ。ここはどこだろう？　光は真上から来ている。アナは顔を背けた。天井からカーテンが降りているのが見えた。頭を動かすと痛い。カーテンの隣に見える壁に小さな流し台と鏡がある。自分が映っていた。

額に大きな絆創膏を貼っている。顔に黒いかさぶたがある。すり傷の痕だ。顎の下に二箇所、大きなどす黒い打撲痕がある。アナは腰を伸ばして座り直そうとしたが、腹部に刺すような痛みを感じた。アナは分厚いシーツを引き上げ、だぶだぶの下着から飛び出しているプラスティックのチューブに目をやった。下着は意識を失っているときに誰かが着せてくれたものにちがいない。チューブはバッグにつながっていた。色の濃い液体。尿だ。ここはどこだろう？　ここにどれくらい横たわっていたのだろう？　病院配給の下着から飛び出した脚は包帯にくるまれていた。体力が残っていなかった。一つのことに集中できない。何を考えても、手に握った砂のように、頭からぽろぽろとこぼれ出してしまう。思い出そうとすればするほど、指から抜け落ちてしまうのだ。

アナは諦めた。シーツを放し、柔らかい枕《まくら》に頭を置いた。目の隅に何かが見えて、アナはそちらを向いた。カーテンの隣にある低い椅子に男が寄り掛かっている。滅多にいないほど長身の男だった。一九〇センチメートルを軽く超えている。生え際は後退しているが、ちょっと癖のある見事な白髪が豊かに波打っている。サングラスで目は隠れていた。赤いアロハシャツには、ヤシの木の絵柄。その派手な緑が目を惹いた。ズボンは、髪の毛と同じ純白だった。

男が動いた。頭が壁にぶつかって、男が振り返った。濃いサングラスの奥で目が瞬いた。

「目が覚めたね」男が言った。その声にはどこか聞き憶えがあったが、アナにはよく分からなかった。男は長身をよじるようにして椅子から離れると、近付いて来た。

「ぼくたちは本当にきみのことを心配してたんだよ、アナ……何か必要なものがあったら言ってくれ」

「ここはどこ？」喋ると喉にヤスリをかけられているような痛みが走った。

「まあ……病院だ。気を楽にしていい。ここなら百パーセント安全だ」男は流し台に足を運び、キャビネットからグラスをとって水を汲《く》んだ。「医者が言うには、ここに着いたとき、きみはひどい脱水状態だったそうだ……少しでもいいから飲むといい」

口に含む。冷たい水が心地よかった。飲み込むと水が喉に引っ掛かる気がした。白髪の男は水を飲むアナを見て微笑んだ。飲みおえると、男が丁寧な手つきでグラスを受け取った。

「ずっと会いたいと思っていたんだよ、アナ。こういう状況じゃないほうがよかったが」

ようやく、よく響くバリトンの声を思い出した。

「ボリスなの？」

「そうさ、もちろん。誰だと思ったんだい？」サングラスに隠れた目に、がっかりした色がちらりと浮かんだ——アナはそんな気がした。

「ごめんなさい、ボリス。もう頭の中がごちゃごちゃで」

ボリスが微笑んだ。「謝る必要なんか、まったくない。医者はきみの太ももから釘を抜かなきゃならなかったし、喉にはひどい圧迫創があった。生きているのが不思議なくらいだ」

空白を記憶が埋め始めた。氷。ザカリアッセン。空に見えた赤い光。アイス・ドラゴン。ジャッキー。潜水艦。ジョン・オデガード。炎。ホバークラフト。アナはいきなり身体を起こした。

「マルコは？　どこにいるの？」

「中国人青年のことかな？　あの男なら大丈夫、隣の部屋にいるよ」

「スンジは？　犬が一緒だったの」

「ああ、あのハスキー犬なら、とりあえず、我が家の裏庭にいてもらってる。うちの犬たちと楽しくやってくれるだろうよ、きみがよくなるまでだが……」ドアが開き、ボールのように丸い頭のがっしりした体格の女性看護師が入って来た。看護師がボリスに、二言三言、切口上で言った。

「そろそろ追い出されそうな気配だ。また話そう」ボリスはアナの手を撫でると、部屋を出て行った。看護師はグラスに水を注ぎ、錠剤三つを載せたトレイを差し出した。

「はい、薬。飲んで」

アナは薬を飲み込んだ。口に苦味を感じ、改めて水を含んでうがいをしたあと、枕に頭を戻した。

そして眠った。

93

「復讐者、チャオ・ウーって――どういう意味か分かる？」

アナは鼻からタバコの煙を出しながら訊いた。マルコも隣で、錆《さ》びたオイル缶に腰掛けてタバコを吸っている。二人は肌を刺す風が当たらないところに座っていた。柱の曲がった街路灯がそこここに立ち、点在する木造家屋に光を投げかけている。

丸い頭の看護師はヤナという名前だった。タイミル半島にあるロシアの気象台、E・K・フョードロフ水文気象学天文台の診療所に勤務していると、アナは本人から聞いていた。説得には少しばかり時間を要したが、なんとか二人は病床を出て一服することを許されたのだった。

「チャオ・ウー？……」マルコの鼻から煙が漏れ出た。「ああ、それなら聞いたことがある。古い芝居だよ。『趙氏孤児』っていう」マルコは次のタバコに火をつけた。顔がぼうっと照らされた。「両親、家族を皆殺しにした将軍に、その事実を知らないまま育てられた少年の話だ。少年は真実を知って復讐する……将軍を殺す……確かそんな話だった。なんでそんなことを訊くんだ？」

「ジャッキーがそんなことを言ってたの……自分はチャオ・ウー……復讐者だって」

「ジャッキーはイカれてたから」

アナは声を上げて笑った。喉が痛んだ。

「そうだわね、マルコ。あなたの言うとおりかも」

マルコが微笑んだ。「助けてくれてありがとう。あんたは命の恩人だよ」

「こっちも感謝よ。どうやらわたしたち二人とも、九つの命を持っているみたいね」

アナはふと思った。ジャッキーを撃って以来、ヤンが夢に現れなくなったし、頭の中でヤンの声を聞くこともなくなった。もしかすると、ヤンはあの世で平穏を見つけたのかもしれない。あるいは、ヤンのほうが自分に平穏を与えてくれたのだろうか？

凍った地面にいきなり長方形の明かりが現れた。その四角に丸いものがぬっと出る。ヤナがドアから顔を突き出したのだった。「あなたに電話よ、マルコ。女の人。上海からだって……中国からってことよね？……」

マルコが跳び上がった。「モウ・チョウだ」階段を駆け上がったマルコが、戸口で足を止めアナを振り返った。「今、プロポーズしたほうがいいかな？」

「いいえ、マルコ。ちゃんと手順を踏むのよ。国に帰ったら、指輪と花を買うの。女性はそういうのが大好きなのよ」マルコは考え込んだように、アナをしばし見つめたあと、病院の中に入って行った。長方形の光が縮んで消えた。

もう一本、タバコに火をつけ、暗い風景を見渡した。この景色の向こうにある世界はどうなっているのだろう？　それを想像するのはむずかしかった。

トロムソでは、おそらくいつもどおりの生活が営まれていることだろう。

キルステンは相変わらず、仕事に家事と忙しい日々を送っているにちがいない。

父は自分の作業場で、例によって、気むずかしいボートエンジンに頭を突っ込んでいるだろう。

アナが電話で事の顚末《てんまつ》を話したとき、父はひどくショックを受けていた。ダニエル・ザカリアッセンがＣＩＡのスパイだったことは伏せておいた。ザカリアッセン本人が大洋の底まで持って行った秘密だ。そのままにしておけばいい。父はシベリアに来たがった。「こっちで、ちゃんとした病院に入れたい」

「いいのよ、パパ……ここでいい。すごく心が休まるところなの」アナが、日に二回電話して回復度合いを知らせると告げたことで、やっと父は納得した。「それから、新聞社が連絡してきたらだけど……なんにも知らない、って言うのよ。娘はどこかに休暇で出掛けてるってことにして」

空がグーングーンと鳴った。ヘリコプターが暗闇から現れ、病院のすぐ上を越えていった。強力なサーチライトが地面を照らした。ヘリは、少し離れたところにある小さな集落の向こうに着陸した。

　その光景を見て、アナはヌハードが話してくれたことを思い出した。スナース・リハビリテーション病院を退院して数週間後、ヌハードが、突然、トロムソの自宅に電話をかけて来たときのことだった。


「あなたを救出したのはアメリカのヘリだって、連中は言ってるけど、そんなの真っ赤な嘘。ジョロとサマルとあたしで助けたのよ」ヌハードは電話口でがなった。まるでトルコからでは声が届かないのではないかと心配しているかのような大声だった。

　ヌハードは芝居がかった口調で、自分たち三人がアナを救った経緯を熱っぽく物語った――ＩＳの銃撃で受けた傷の出血をジョロとサマルがなんとか止めたあと、下の廃工場まで運んだ――ヌハードがバンの中で待機していて、アナをオライリーと他の人質二人のあいだに寝かせた――ヌハードがアクセルをいっぱいに踏み込んで、ＩＳの装甲車が着く直前に工場を脱出した。

「戦争が終わったら、ラリー・ドライバーになろうと思ってるのよ！」ヌハードは電話の雑音が聞こえなくなるほど大きな笑い声を上げた。「あたしが銃弾をかいくぐるとこ、あんたに見せたかったわ！」

　ＩＳから逃れたあと、ヌハードはアル・スワールの外に向かう凸凹道《でこぼこみち》を強引に飛ばした。二十分後、突然、道を逸れて停まった。ジョン・オデガードが乗り込んだヘリコプターが着陸したからだった。

アメリカの医療チームがアナと怪我をした人質を引き取った。ヤンが救助した男だった。アナは意識不明のままキリス近郊にあるイギリス軍野戦病院に運ばれた。手術室には三人の外科医が待機していた。

「あんた、その病院で死んだのよ、アナ」ヌハードが言った。「二回心臓が止まった。でも神はあんたを見捨てなかったのよ。医者が頑張って、脈が回復したの」

六時間ともう一度の心停止を経《へ》たのち、外科医チームはなんとか状態を安定させ、アナをいったん地中海沿岸インジルリキのトルコ空軍基地に移送し、そのあと輸送機でドイツに運んだ。

ヤンが命を救った人質は、中国人地質学者だと判明した。クルド自治政府のキルクーク原油探査に協力している最中に拉致されたのだ。スナイパーの銃撃によって身体に麻痺《まひ》が残ったが、六ヶ月後、複雑怪奇な非正規外交ルートを通じて、アナは中国国家主席から感謝状を受け取った。

ヤン・ルノーの葬儀には、フランス・カトリック教会の指導者であるリヨンの大司教と中国大使が参列した。メディアは、人質救出をめぐるヤンの勇気と英雄的努力を称賛した。

「あたしも、ちょっとした有名人よ」ヌハードが言った。弾痕だらけのバン。その屋根でポーズを取るクルド人ゲリラ。そういう図柄の画像が、世界中に流された。地域によっては、クルド人グループは〈軍事スペシャリスト〉を雇っているという噂まで流れたところもあるが、その詳細まで踏み込んだ情報はなかった。「何言ってんのって感じだよね。人質を救ったのはあんただもの。アナ、あなたが一番のヒーローよ」

「ありがと。でもヒーローなんて、わたしには似合わない」

「もう、大丈夫なの?」ヌハードが訊いた。

アナは嘘をつき、大丈夫よと言って電話を切った。

もう一本、タバコに火をつけながら、アナは決心した。トロムソに帰ったら、ニース行きのチケットを買おう。モーターバイクをレンタルする。リヴィエラを出たらプロヴァンスのくねくねした山道を登って、二つの山に挟まれた谷の上にある村に向かう。そこにはヤンの墓があるはずだ。そして、心の準備が出来ていたら、ヤンの両親を訪ねるのもいいかもしれない。そしてホテルのバーに座って、オールド・ファッションドを飲むのだ。

猛々しいエンジン音とガラゴロという力強い響きが、アナを夢想から引き剥がした。錆びついたベルトドライブのおんぼろモ奇妙な恰好の乗り物が角から姿を現した。